댕댕아,
꽃길만걷자

댕댕아, 꽃길만 걷자

지은이 동물자유연대 · 손현숙
펴낸이 임상진
펴낸곳 (주)넥서스

초판 1쇄 발행 2012년 5월 30일
초판 8쇄 발행 2012년 9월 5일
2판 1쇄 인쇄 2019년 3월 12일
2판 1쇄 발행 2019년 3월 15일

출판신고 1992년 4월 3일 제311-2002-2호
주소 10880 경기도 파주시 지목로 5(신촌동)
전화 (02)330-5500 팩스 (02)330-5555

ISBN 979-11-6165-587-1 03810

가격은 뒤표지에 있습니다.
잘못 만들어진 책은 구입처에서 바꾸어 드립니다.

www.nexusbook.com

사람과 사랑이 필요한 유기동물들의 이야기

댕댕아, 꽃길만 걷자

글·사진 **동물자유연대, 손현숙**

지식의숲

연약한 동물을 살리는

희망의 씨앗이
되기를

우리나라는 4가구당 1가구꼴로 반려동물을 키운다. 반려동물은 한 가족의 구성원으로서 사람들의 사랑을 받으며 살아간다.

그러나 여기에는 어두운 그림자도 존재한다. 한 해에 평균 발생하는 유기동물은 전국적으로 10만 마리에 달한다. 이사, 결혼과 임신, 출산, 경제적 부담, 변심 등 이유는 다양하다.

버려진 많은 동물은 떠돌이 생활 중에 사고와 굶주림·학대 등으로 죽거나, 살아남은 상당수의 동물도 각 지역의 관할 유기동물보호소로 넘어가 결국 안락사를 당한다.

인간의 필요에 의해 일상 생활권에서 함께 살아가는 반려동물은 인간의 정서와 삶의 질에 긍정적인 영향을 주는 것으로 평가받는다. 실제로 동물과 함께 행복한 삶을 살아가는 사람들을 우리 주변에서 보는 것은 어려운 일이 아니다. 그러나 조금만 관심을 기울여 보면 생명으로서의 대우를 받지 못하는 동물이 많다.

생명이 생명으로서 대우받지 못하는 사회, 고통을 호소하며 학대로부터 자유로워지기를 원하는 동물들의 절규, 끝 간 데 없는 동물 이용, 생명 착취……. 동물이 행복하지 않은 사회에서는 인간도 행복할 수 없다.

이제는 고통받고 있는 동물들에게 관심을 가져야 한다.

이 책이 우리에게 또 하나의 이웃인 동물이 인간과 함께 어우러져 살아가는 아름다운 가치 사회를 구현해 나가는 데 도움이 되기를 바란다. 또한 부당함에 대항하지 못하는 동물들에게 희망의 씨앗이 되기를 바란다. 동물을 보호하고자 하는 것은 인간의 몫을 빼앗아 동물에게 나누어 주는 것이 아니라 부당함에 대항하지 못하는 약자에 대한 자비심이다.

이 책을 읽는 독자들을 아름다운 동행자로 모신다.

동물자유연대

존재의 슬픔으로
깊어 가는 밤

꽃들이 한꺼번에 왔다 갔다. 저 꽃들은 지난여름 나무의 몸속에 열을 간직했다가 봄이 되자 비명처럼 터져 나온 울음이겠다. 누가 꽃들의 모가지를 똑똑 따서 머리에 꽂고 간다. 말 못하는 짐승처럼 꽃들은 아프다는 시늉조차 없다. 그저 그렇게 이 봄을 살다 갈 뿐. 그렇게 당신도 이번 생을 살다 갈 것이고, 나도 이렇게 살다 간다. 저기 버려져서 구석에 웅크린 유기동물들도 우리와 똑같은 시간을 통과하고 있다. 커다란 우주의 법칙 속에서는 당신이나 나나 버려져서 가련한 생명이고 모두 시간의 여행자들이다. 감히 누가 누구를 버린단 말인가? 세상에 태어나서 한 번쯤 버려진 기억이 있는 사람들은 안다. 그것은 엄마가 사라진다는 뜻. 엄마의 부재는 어쩌면 존재의 부정이다.

버려진 동물들은 모두 약속이나 한 듯 우울증을 앓는다. 자신을 부정하고, 분노하고, 타협하고, 우울해하고 그리고 수용하는 그 모든 과정이 어쩌면 저렇게 사람과 똑같을까. 개도 고양이도 모두 꿈을 꾼다. 버려져서 상처받은 영혼들은 꿈속에서도 쫓기고 아프다. 악몽을 꿀 때는 자기를 학대했던 사람이 따라오는 것인지 열심히 손과 발을 저으며 도망 다니기도 한다. 한 번 닫힌 마음은 좀처럼 열기 어려워서 저들은 어둡고 후미진 곳으로 제 모습을 감춘다. 그러니까 상처는 열정의 또 다른 무늬다. 부탁하노니 사랑을 과하게 부리지도 마시고 느닷없이 거두지도 마시라. 반려동물은 당연히 사람의 곁에서 살아가야 하는 존재이다. 어머니를 품으면 삶도 죽음도 순해진다.

사랑의 또 다른 이름은 책임이다. 말 못하는 짐승에게 먹이를 먹여 본 손과 그렇지 못한 손은 삶과 죽음만큼이나 먼 사이다. 꽃 앞에 앉았던 인생과 그렇지 못한 인생의 차이겠다. 이상한 것은 버려졌어도 저들의 눈망울은 원망이 없다. 사람의 본성은 어디에서 끝장을 볼 것인가?

유기동물에 관한 글을 쓰는 동안이 내게는 자연을 공부하는 시간이었다. 우주의 순환이 이루어지는 동안 누구나 함께 어우러지면서 상생해야 하는 관계. 누가 누구를 버리고 취하고 하는 행동은 이미 낮은 수준의 덕목이었다. 당신이 버리면 언젠가는 당신도 버려지리라. 또한 사랑은 상대가 무엇을 원하는지 배려하는 능력이라는 것도 알았다. 버려져서 갈데없는 생명을 돌보는 저 손들은 분명 사랑이었다. 그리고 그 사랑 속에서 버려졌던 동물들이 다시 용기를 얻고, 삶을 얻고, 생기를 찾는 일은 기적이었다. 그러니까 기적은 먼 곳에서 일어나는 것이 아닌 당신의 손끝에 달렸다는 것도 이제는 알겠다.

그리고 무엇보다 버려져서 갈데없는 마음을 내게 열어 준 저 사진 속의
영혼들을 사랑한다. 자, 이제 나는 어디로 갈 것인가? 꽃들이 지는 쪽에
엄마가 서 계신다.

손현숙

차례

Part 2 단지 길을 잃었을 뿐이지요

Part 3 날 울리지 마세요

Part 4 웃어라, 시몬

Part 5 새로운 가족
못다한이야기

Part 1

우리 눈 맞출까요?

친구가 생겼어요

순돌이는 운이 좋은 녀석입니다. 오토바이에 실려서 팔려 가던 중 어떤 선한 아저씨의 도움으로 구조되었지요. 작고 하얀 얼굴에 아기처럼 천진한 순돌이의 눈망울은 누가 봐도 홀딱 반할 만큼 앙증맞습니다. 조금은 슬퍼 보이기도 하는데요. 그렇게 순돌이는 단박에 가을이의 마음을 사로잡았습니다.

가을이는 이곳의 터줏대감입니다. 어렸을 적에 구조되어서 평생을 보호소에서 살았습니다. 녀석의 한쪽 귀는 처음부터 뜯겨서 짝짝이입니다. 무슨 사연으로 그렇게 아픈 귀가 되었는지는 아무도 모릅니다. 그러나 녀석은 그것을 불평하지 않습니다. 오히려 귀를 바짝 세우고 위엄을 부리기도 합니다. 우렁찬 목소리로 짖어 대기도 하고 때로는 보호소의 주인처럼 다른 녀석들을 당당하게 거느리기도 합니다. 성품이 워낙 용감한 녀석이라 사람들 앞에서도 전혀 기죽지 않습니다.

그런 가을이가 순돌이의 곁을 지키고 있습니다. 아직도 겁을 먹은 것처럼 먼 하늘을 쳐다보는 녀석의 눈동자에서는 조용한 슬픔이 비치기도 하거든요. 순돌이도 가을이의 뒤를 졸졸 따릅니다. 외로움과 외로움이 꽃잎처럼 포개지듯 두 녀석은 언제나 함께입니다. 앞서거니 뒤서거니 이야기는 꼬리에 꼬리를 잇습니다. 간혹 가을이가 순돌이의 눈앞에서 슬쩍 사라지기도 하는데요. 그럴 때면 순돌이의 눈망울은 금세 젖어 촉촉합니다. 그러나 크게 염려할 일은 아닙니다. 가을이가 순돌이의 곁에서 결코 멀리 떠나는 일은 없을 테니까요.

저기 창문이 열려 있습니다. 순돌이와 가을이는 창틀 아래서 왜 이렇게 설렐까요? 금세라도 누군가의 품속으로 폴짝 뛰어들 기세입니다. 순돌이는 온몸으로 누군가를 반기는 듯 눈망울 또한 반짝거립니다. 점잖게 옆으로 비켜선 가을이의 표정 또한 그윽합니다. 누굴까? 햇덩이를 받아 안듯 두 팔을 활짝 벌린 창문 안쪽의 저 사람······. 가슴 찡한 우정에 순돌이와 가을이는 나라를 얻은 듯 행복한 모양입니다.

가을이와 순돌이는 둘 다 대장 기질이 있어 잘 지내다가도 종종 큰 싸움이 일어나기도 했다. 현재 순돌이는 입양되었고 가을이는 동물자유연대의 식구로 지내고 있다.

일편단심 일구야

온몸에 털이 다 빠졌습니다. 벌써 보호소 생활 십 년째로 접어드는 선임
이네요. 진돗개는 딱 한 사람, 주인만 따른다고 알고 계셨죠? 천만에요.
일구는 사람의 발걸음 소리만 들어도 좋아서 어쩔 줄을 모른답니다. 외
로움이 뼛속까지 사무친 거죠. 덩치가 워낙 큰 녀석이라 안아 주기도 어
렵고 방 안에서 함께 생활하기란 생각도 못할 일이지요. 그래서 일구는
입양도 힘이 듭니다.

일구 같은 녀석이 입양될 경우에는 공장의 경비견이나 시골 뒷마당에 묶여서 지내야 하는 경우가 많다고 합니다.

그래도 보세요. 창살 속이지만 쌩끗 웃는 저 여유. 일구는 이제 할머니랍니다. 세상의 풍파를 몸으로 마주 섰던 시간이 이미 오래라는 이야기이지요. 그래서 일구는 웬만한 바람 앞에서도 흔들리지 않습니다. 지나가는 누구라도 손을 내밀면 한 번도 외면하는 법이 없으니까요.

거절당한 사랑도 사랑은 사랑이라
사랑만을 깊이 간직할 줄 아는 거지요.

그러고 보니 일구는 누구에게도 먼저 등을 돌리지 않습니다.
이유 없이 떠나가는 사람의 뒷모습조차도 오래 바라봐 주네요.

그래서 일편단심 일구라네요.

일구는 수술했던 디스크가 재발하여 다시 수술을 받았지만 깨어나지 못하고 숨을 거두었다. 숨을 거두기 전까지도 특유한 해맑은 모습으로 사람들을 안심시켜 주었다. 23쪽의 사진은 일구가 죽기 일주일 전의 모습이다.

우리 눈 맞출까요?

왼쪽으로 눈을 돌리면 왼쪽으로 눈동자가 따라옵니다. 오른쪽으로 눈을 돌려 볼까요? 그러면 녀석의 눈동자는 저절로 오른쪽을 따릅니다. 옅은 그림자가 짙은 그림자를 따르듯 사람이 태양을 우러르듯 녀석은 사람의 눈동자를 따라 존재를 확인합니다. 오래도록 침침하고 축축한 곳에 발을 담그고 살았던 티. 티는 표정이 없는 녀석이었습니다. 짖지도 않고 불러도 뒤돌아보는 법이 없었지요. 발은 언제나 축축하게 젖어서 세상의 밝은 쪽과는 벽을 쌓고 살았습니다. 사람의 손길이 닿지 않는 곳에서 춥고 배고팠던 하루는 얼마나 길었을까요? 양식이 막막하고 몸뚱이 하나 제대로 누일 장소가 없는 삶……. 그것은 아마도 살아서 지옥을 경험하는 일이었을 겁니다. 그런데 어느 날부터 티가 달라졌습니다. 이곳으로 거처를 옮긴 다음부터 티가 밝아졌어요. 조금씩 마음의 문을 열더니 이제는 눈을 맞춰 서로의 마음을 나눠 갖게 되었습니다. 아기처럼 천진하게 눈을 맞추는 법을 알게 되었지요.

티에게서 배운 게 하나 있는데 알려 드릴까요? 상대방과 시선이 맞지 않을 때는 시선을 맞출 수 있는 곳으로 자리를 옮기세요. 눈높이를 맞추어서 먼저 눈을 주는 거지요. 눈을 준다는 것은 마음을 주는 거랍니다. 마음을 먼저 주고 또 주면 상대는 그 마음을 받고 다시 마음을 주게 되지요. 사랑을 나누는 법, 쉬워요.

티처럼 우리, 눈 한 번 맞출까요?

꽃잎처럼 포개져서
명왕성 갈래?

내 나이 묻지 마세요. 고향도 묻지 마세요. 그러니까 아무것도 묻지 마세요~♫. 나는 지금 그대를 만나 행복합니다. 엄마도 아빠도 기억이 없습니다. 누가 내 주인이었을까요? 그대를 만나기 바로 전까지 나는 세상이 참으로 캄캄했답니다. 누가 나를 이 지구별에 데려다 놓았을까요. 잘못 찾아든 행성은 아닐까 하는 마음에 한참 울기도 했답니다. 주인을 찾아 동네 주위를 얼마나 뱅뱅 돌았는지 모릅니다. 누구는 주인이 날 버렸다고 하고, 누구는 주인이 날 놓쳤다고도 하네요. 그런 사람의 말들을 어렴풋하게 알아들었지만, 그래도 주인이 날 찾아 주기를 얼마나 소원했는데요. 그러나 그 후로는 주인을 만날 수 없었습니다. 그리고 나는 이곳에서 이렇게 살게 되었습니다.

어느 날 그대가 내 눈 안으로 들어왔지요. 묵묵하고 듬직해서 한눈에 그대를 알아보았답니다. 언제나 내가 먼저 다가가서 얼굴을 비비고 품을 파고들지만 그대의 시선은 먼 데로 풀어집니다. 그대도 누군가를 기다리는 겁니다. 그래서 그런지 우리는 서로서로 한눈에 알아보았지요. 그러니 우리 사랑하면 안 될까요? 이렇게 꽃잎처럼 포개져서 명왕성까지 가면 어떨까요?

우리끼리 우리 말로 명왕성 갈래? 하면 그대 멍멍♫~, 대답인 줄 알겠습니다. 그리고 또 내가 멍멍~♪, 그대를 사 랑   합 니   다.

사진 오른쪽의 덕구는 TV〈남자의 자격〉을 통해 개그맨 김국진 씨에게 입양되었다.

아
기
고
양
이

모빌을 하나 매달았습니다. 뱅글뱅글 돌아가는 모빌은 마치 뱅글뱅글 돌아가는 정신없는 세상과 닮았습니다. 모래 화장실을 들락거리면서 아기 고양이들이 야옹야옹 천진합니다. 지금은 아무 걱정 없어 보이지만 녀석들 그동안 마음 고생이 이만저만이 아니었습니다.

순수와 순백이는 상자에 담긴 채로 길에서 구조되었습니다. 어미젖이나 한 번 물어 봤을까요? 세상의 모든 어린 것은 너나 할 것 없이 어미에게서 떨어지면 살길이 막막합니다. 특히 어미가 로드 킬을 당하거나 쥐약이라도 먹고 죽는 날에는 새끼들의 목숨도 그날로 끝장입니다. 그래도 구조된 이 녀석들은 운이 무척 좋은 경우입니다.

동글이는 더 기막힙니다. 언젠가부터 주차장의 바퀴와 바퀴 사이에 숨어 살던 녀석입니다. 무엇을 먹고 살았는지 오늘이 기적 같기만 합니다. 햇살이 눈부신 낮에는 자동차 바퀴 밑에서 죽은 듯 숨어 살다가 어스름 때가 되면 쓰레기통을 뒤졌습니다. 그렇게 순수와 순백이, 동글이는 죽을 고비를 몇 번이나 넘기며 여기서 이렇게 뭉쳤습니다. 아무것도 부러울 것 없는 맑은 표정이지요? 원래 고양이들은 큰 욕심이 없습니다. 자신이 스스로 높은 족속이라 생각하면서 누구를 경배하지도 누구를 깔보지도 않는답니다. 어찌 보면 지구의 자유를 대표하는 동물일지도 모릅니다. 자신을 스스로 잘 가꾸고 돌보아서 아무에게도 피해를 주지 않는 지적 활동이 가능한 동물이지요.

그래도 가끔은 저들도 어미가 보고 싶은 걸까요? 자기들끼리 어울렁 더울렁 놀다가도 야옹 하고 한 번씩 목을 놓아 울 때는 왜 내 가슴이 철렁 내려앉는 걸까요?

모빌이 뱅글뱅글 돌아가네요. 순수와 순백이, 동글이도 함께 동글동글 동그랗게 돌아갑니다. 세상의 봄, 여름, 가을, 겨울 동그랗게 돌아가다 보면 저 어린 것들도 어느새 어미가 되어 있을 테지요. 그리하여 이후로는 새끼하고 떨어지지 말기를, 어서 그런 세상이 돌아오면 좋겠습니다.

레이야, 고미야, 섬마섬마!

저기, 보이세요? 갑순이와 태양이와 담비, 까망이 고미, 하양이 레이가 함께 어울려서 마당을 뛰어다니네요. 이곳은 작지만 소중한 저들의 놀이터랍니다. 어쩌면, 저들은 바람을 닮아서 마음껏 뛰어다녀야 직성이 풀리는 족속일지도 몰라요. 누가 알겠어요? 저들의 영혼은 자유로워서 바람처럼 빠르게 이동한다는 것을요. 녀석들의 눈 속에 하늘이 가득합니다. 하늘이 녀석들의 눈망울 속으로 서슴없이 들어선 것이겠지요. 태어나서 케이지 안에서만 살았던 녀석들은 자기 발로 힘껏 뛰고 자기 힘으로 짖을 수 있는 지금이 아마도 천국일 겁니다. 아침에 눈을 떠서 서로의 더운피를 확인하고 함께 기대어 잠들 수도 있고요.

무심히 흘러가는 하늘의 구름처럼 저들의 오늘은 한가롭 습 니 다.

주머니 속의 알콩이

얼굴에 흙이 묻었습니다.

어디를 헤매다 여기까지 온 것일까요?

알콩이는 '길냥이'입니다. 지금 막 구조되어 가방에 담겼습니다.

지금 보호소로 향하는 중입니다.

엄마는 어디로 갔을까? 아무것도 모르는 얼굴이지만

모든 것을 아는 얼굴인 듯도 합니다.

아직은 어미젖을 빨고 어미 품에서 뒹굴어야 할 아기 고양이.

이름은 생김대로 알콩이라 지었습니다.

얼굴에서 많은 생각이 지나갑니다.

불안과 희망을 모두 담고 있어서 안색은 창백합니다.

두 손을 밖으로 가지런히 짚은 아기 고양이는

지나가는 풍경을 구경합니다.

제 운명을 도저히 가늠할 수는 없지만 흔들흔들

가방 안에서의 느낌이 영 나쁘지만은 않은 모양입니다.

하품 한 번 하고 젖은 눈망울 속에 푸른 하늘 한가득 담고 나면

보호소에 도착해 있을까요?

그곳에서 또 다른 고양이들과는 사이좋게 지낼 수 있을까요?

가방이 한 번씩 흔들릴 때마다 길이 지나갑니다. 하늘이 지나갑니다.

자동차 소리들이 지나갑니다.

학교를 파한 병아리 같은 아이들이 지나가고

알콩이는 코가 말갛게 부풀어서 어미의 젖 냄새를 그리워합니다.

다문화 가정의 아이들처럼

 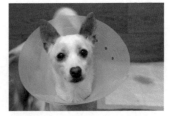

사람의 운명처럼 녀석들에게도 운명이 꼬리표처럼 따라다닙니다. 녀석들은 지금 섬처럼 고독합니다. 세상 어디에도 소속되지 못한다는 것은 어쩌면 중간에서 뚝 끊어진 다리 같은 것은 아닐까요? 녀석들은 혼혈견입니다.

사람들은 모두 아귀가 딱 들어맞는 논리를 좋아하는 모양입니다. 외국에서 온 코카 스파니엘, 비글 등 품종이 뚜렷한 개들은 털이 많이 빠지고 아무리 덩치가 커도 집 안에서 함께 먹고 자고 뒹굴잖아요. 하지만 혼혈견들은 가까이서 키우는 개가 아니라는 편견을 벗어 버리지 못하네요. 이 녀석들 다문화 가정의 아이들처럼 장점이 많습니다. 색깔과 색깔이 섞여 번지면서 예상치 못한 색깔이 보이듯이 녀석들의 모습은 엄마와 아빠가 교묘하게 섞였습니다. 쁘띠, 순돌이, 베티, 덕순이, 깜식이, 울동이. 작은 얼굴에 커다란 귀, 살짝 말린 꼬리, 정수리에 별처럼 새겨진 무늬, 물결처럼 부드럽게 잡힌 주름, 살짝 보이는 쌍꺼풀의 눈매까지……. 어때요, 예쁘죠? 녀석들의 웃는 얼굴이 눈에 밟히지 않으세요?

편견은 편견을 불러오는 법. 마음을 활짝 열어 녀석들을 바라봐 주세요. 사랑이 사랑에게 건너가듯이 녀석들은 그대의 외로움도 잘 알아듣는 그대의 친구입니다.

애들아, 모여라

얘들아, 모여라, 간식 먹자!

초록이, 가을이, 깜돌이, 깜순이, 순돌이, 졸리를 불러 모았습니다. 녀석들은 작은 목소리에도 민감합니다. 꼬리를 흔들고 멍멍 짖습니다. 땅바닥에 한바탕 몸을 궁굴리기도 합니다. 그러면서도 서로 먼저 먹겠다고 아우성입니다.

양지바른 곳에서 일광욕이나 즐기면서 느긋하게 껌이나 씹을 수 있다면야 얼마나 좋을까요? 아니 간식이라도 조금 풍부하게 나눌 수만 있다면 얼마나 즐거울까요?

동물자유연대 식구들은 나날이 숫자가 늘어 갑니다. 이유는 다양합니다. 목줄이 끊어져서 길을 잃기 때문이기도 하고, 피부병이 생기거나 이사 등의 이유로 버려지기 때문이기도 합니다. 어제까지도 한 지붕 아래서 가족처럼 살다가 오늘 느닷없이 외면당하기도 합니다.

어쨌거나 이런저런 이유로 주인을 잃고 방황하는 녀석들입니다. 그러나 이 녀석들은 그나마 운이 좋습니다. 집 안에서만 살던 동물들이 길을 잃으면 대부분 로드 킬을 당하거나 개장수에게 붙들려서 영양탕 집 가마

솥으로 들어가기 일쑤입니다.

그러나 이곳의 녀석들은 상처받은 영혼을 안고도 씩씩합니다. 햇빛과
물과 바람으로 꽃이 피듯 이곳에서 매일매일 사랑으로 상처를 조금씩
씻어 내는 중입니다. 좋은 주인을 만나 비 갠 뒤의 하늘처럼 활짝, 사랑받
을 수만 있다면 얼마나 좋을까요?

종종걸음으로 아이들에게 다가갑니다.
초록아, 가을아, 깜돌아, 깜순아, 순돌아, 졸리야!
간식 먹자.

가을이를 제외하고 모두 좋은 가정으로 입양되었다. 안타깝게도 초록이는 입양 이후 분실되어 다
시 유기견이 되었다.

마음 뺏고 싹, 돌아서는

연애의 기술에서 상대의 마음을 얻는 방법은 일보 전진, 일보 반 후퇴라고 합니다. 상대가 나에게 다가올 수 있도록 스스로를 적당히 노출시킨 후 상대가 마음을 놓는 사이에 상대의 시선에서 벗어나는 것입니다. 그렇게 끊임없이 상대의 마음을 잡아채는 것, 그것이 연애의 기술입니다. 어찌 생각하면 성가시고 어찌 생각하면 매우 어렵지만, 그것은 동물의 세계에서는 먹이를 얻어 내는 적절한 방법이기도 합니다. 먹이를 풀어 놓고 '길냥이' 삼 형제를 기다리는 마음이 이상하게 초조합니다. 저 세 마리의 길고양이는 밥때가 되면 사람을 봐주는 듯 살금살금 어디선가 나타납니다. 그러고는 너무나 당연하게 먹이를 싹싹 훑어 먹고 아무렁지도 않게 돌아갑니다. 한 번 만지고 싶어서 가까이 다가서면 야옹, 날카로운 발톱을 바싹 세운답니다. 먹이는 얻어먹되 만지는 것은 허락하지 않겠다? 거절의 기능이 탁월합니다. 어떤 연애도 이 정도면 당해 낼 재주가 없겠습니다. 이것이 저들이 선택한 평생의 사랑법입니다.

조금 서운한 마음도 들지만 한편으로 생각해 보면 그나마 다행입니다. 오는 손길 마다하지 않고 모두 받아들였다가는 길고양이들은 사람들의 성화에 남아나지 않을 것이고, 그렇게 되면 길고양이의 생존은 보장할 수 없겠지요. 순하게 사람의 손에 순응했다가는 길고양이의 씨는 말라 버렸을 겁니다. 스스로를 보존하는 법. 길고양이는 사람에게 마음을 쉽게 주지 않는 것으로 자신을 열심히 지켜 내는 중입니다.

있잖아요, 저요! 저요!

초등학교 입학식 때가 생각납니다. 엄마도 아빠도 모두 일터로 나가셨기 때문에 왼쪽 가슴에 손수건 한 장을 달랑 달고 혼자 학교에 갔습니다. 키가 작고 얼굴이 까만 여자아이는 주변이 무섭고 두려웠습니다. 아이는 그 공포의 시간을 오히려 목청껏 노래 부르는 것으로 위안을 삼았습니다. 주위의 시선을 끌기 위해서 행동을 커다랗게 부풀렸던 것이지요. 그것은 일종의 본능입니다. 잊히거나 밀려나거나 배제되는 것에 대한 적극적인 저항이었을 겁니다.

포순이는 어디선가 집을 잃었던 모양입니다. 그 곁의 친구들도 똑같은 경험이 있을 겁니다. 그래서 보호소에선 사람의 눈에 들기 위해서 경쟁이 치열합니다. 눈 한 번 마주치기 위해서 포순이는 저렇게 참 오래 서 있습니다. 눈이 맞으면 금세 꼬리를 흔들면서 애교도 피우지요. 모두 자기를 사랑해 달라는, 버리지 말아 달라는 애원일 겁니다. 그래서 녀석들을 바라보는 마음 또한 서늘합니다. 도대체 집을 잃는다는 것은, 버려진다는 것은 무엇일까요? 쥘 것 없는 허공에서 두 손과 발을 휘저으며 별을 향해 가는 심정일 겁니다. 그 별에는 누가 살까요? 거기도 여기도 돌아갈 곳 없는 녀석들의 눈동자……. 막막해서 정처 없습니다.

하나, 둘, 셋, 찰칵!

보리와 아리는 영종도에서 구조된 들개의 새끼입니다. 동물자유연대에
구조되지 않았다면 녀석들은 지금쯤 갈기를 바싹 세운 들개가 되었을
겁니다. 먹이를 찾아 어느 도시를 헤매고 다녔겠지요. 그러나 지금 저들
은 이대로 이만큼 행복합니다. 세상의 모든 새끼가 가진 천진함을 보리
와 아리도 가지고 있습니다. 카메라를 향해서 웃고 있는 걸까요? 보리는
조금 더 적극적이고 아리는 조금 더 내성적입니다. 둘 사이는 한없이 평
화로워서 함께 먹고 함께 자고 함께 뒹굽니다. 여린 이빨로 먹이를 주는
팔을 자근자근 씹기도 합니다. 사랑한다는 표시로 자기를 적극 각인시
키는 중이겠지요.

세상의 각박함을 아직 눈치채지 못한 상태에서 보리와 아리는 얼마나
더 천진할 수 있을까요? 마음 같아서는 저들을 오래 지켜 주고 싶습니다
만 지금 이 순간 이후의 일들은 하늘도 모르는 일. 한 송이의 꽃을 바라보
듯이 저들의 눈동자를 오래오래 바라봅니다. 누구나 어미와 함께 살 수
있는 세상이기를. 저절로 피어서 저절로 기쁜 꽃처럼 저들도 저렇게 천
진하게 살다가 명을 다해서 갈 길 편안하게 갈 수만 있다면……. 그런 세
상을 꿈꿔 봅니다.

염탐도 재주예요

염탐도 전면적입니다. 저러다 코가 납작해지겠어요. 여기 너머 저기에 있는 녀석들은 누구일까 궁금하기 짝이 없나 봅니다. 나보다 더 사랑받고 있는 것은 아닐까, 나보다 더 많은 간식을 받는 것은 아닐까, 눈으로 확인하고 다음 행동을 결정할 모양입니다. 왼쪽부터 순돌이, 포순이, 바둑이입니다. 간식도 간식이지만 사랑은 절대로 양보할 수 없다는 듯 참으로 필사적입니다. 그러나 염탐은 비밀입니다. 몸을 조금 뒤로 물리고 딴청을 부리기도 하네요. 그러나 단 한순간도 방심하지 않습니다. 건너편을 향한 눈동자를 꼿꼿하게 세웁니다. 오체투지를 하는 듯 땅바닥에 배를 찰싹 붙이고 상대의 모든 것을 눈으로 관리합니다.

우리는 모두 사랑을 먹어야 배가 부른 생명.

순돌아, 포순아, 바둑아, 사랑해!

순돌이, 포순이, 바둑이 모두 좋은 가정으로 입양되었다.

누가 누가 더 예쁠까요?

좁고 습한 집 안에서 40여 마리의 동물이 함께 살았다고 합니다. 반려동물 대량 사육자에게서 구조된 강아지들입니다. 그래서 그런지 녀석들은 사이가 아주 좋습니다. 몸집이 작아서 앙증맞고 귀엽습니다. 순해서 서로를 배려하기도 합니다. 한 그릇에 먹이를 담아 줘도 다투는 일이 없습니다. 누가 누가 더 예쁠까? 애교도 만점이네요. 앉아 있는 품새도, 걷는 뒤태까지도 나무랄 데 없습니다.

왼쪽부터 장군이, 빠삐, 렌지, 꽃미, 타니, 메롱이입니다. 어때요, 예쁘죠? 서로 이름이 헷갈리는 법은 없습니다. 장군아! 부르면 장군이가 씩씩하게 뒤돌아보고요. 메롱아! 부르면 메롱이가 고개 갸웃거리며 품으로 뛰어듭니다. 지금은 노래 자랑 시간. 빠삐가 벌떡 몸을 일으켜 세웠습니다. 마이크를 잡는 듯 두 손으로 얌전하게 철책을 거머쥐었습니다. 조금은 떨리는 걸까요? 두 다리에 힘이 불끈 들어갔네요. 아직 목소리가 터져 나오진 않았지만 목을 길게 잡아 뺀 모습이 일류 가수 뺨칩니다. 렌지도 꽃미도 타니도 친구의 노래에 귀를 쫑긋 세웠습니다. 노래가 끝나기도 전에 앙코르라도 외칠 태세입니다.

그렇게 저절로 밤이 가고 새가 울고 서로 의지했던 녀석들이 이제는 뿔 뿔이 흩어졌습니다. 지금은 모두 따뜻한 가정에 입양되어서 잘살고 있습니다. 서로에게 품을 열어 따뜻했던 녀석들……. 몸은 멀리 떨어졌어도 그리울 겁니다. 서로 까맣게 잊었다 해도 괜찮습니다.

저 깊은 곳, 따뜻한 기억이 마음속에서 별이 되었을 테니까요.

다롱아, 뽀야, 막댕아, 형아, 우주야

코~ 자자

누가 고독은 인류의 것이라 단정했을까요? 사람 없는 보호소에서 저들은 짖지도, 애교를 피우지도, 꼬리를 흔들지도 않습니다. 돌봐 주는 사람이 없을 때 저들은 저렇게 각자의 방 속으로 기어 들어갑니다.

공동체 속에서의 의식화된 행동처럼 녀석들의 행동이 일사불란합니다. 보호소 직원들이 모두 퇴근하는 시간에는 누가 먼저랄 것도 없이 잠자리에 자리를 잡고 무조건 눈을 감습니다. 녀석들은 이미 알고 있습니다. 모두가 퇴근하고 나면 누구 하나 녀석들을 돌봐 줄 사람이 없다는 것을요. 자연에 순응하듯 여기 이곳에 자기 몸을 적응시킨 것이랍니다. 감옥의 수감자들에게 소원을 물어보면 잠자고 싶을 때 잠자고 먹고 싶을 때 먹는 것이라고 합니다. 모두 함께 먹고 자고 일어나고 단독자의 행위가 허용되지 않는 곳, 바로 여기가 거기입니다.

정말로 녀석들은 혼자서는 아무것도 할 수 없을까요? 다롱아, 뽀야, 막댕아, 형아, 우주야, 코 자자. 녀석들 잠들기도 전에 스위치를 내리고 퇴근합니다.

Part 2

단지 길을 잃었을 뿐이지요

예
뻐
서 미
안
해
요

소형 유기견 시추입니다. 난롯가에 옹기종기 모였습니다. 조금 아팠지요. 우리는 모두 친구랍니다. 예삐, 뚱식이, 강이, 분홍이, 뽀. 방금 약물 목욕을 마쳤답니다. 피부에 진물이 흐르고 가려움증이 심할 때는 카라를 써야 합니다. 어때요, 예쁜가요?

우리는 작고 순하고 앙증맞게 생겼다는 이유로 사랑을 많이 받습니다. 그러나 병치레 또한 잦아서 쉽게 버려지기도 합니다. 동물자유연대에서 친구들을 만났을 때는 서로 외면했지요. 아픔은 아픔을 알아보기 때문이었을 겁니다. 아마도 사랑의 기억은 버림받고 나서 더 아픈 상처로 각인되는 모양입니다.

날이 꽤 춥습니다. 머리에 쓰인 카라를 벗고, 눈빛 또한 투명해져서 몸이 예전처럼 건강해진다면 주인은 우리에게 다시 돌아와 줄까요? 자꾸만 문 쪽으로 시선이 돌아갑니다.

무작정 사람이 그리워지는 겨울밤입니다.

뚱식이는 TV 〈동물농장〉을 통해 입양을 알리는 방송이 나간 후 2년 만에 기적적으로 주인을 찾았다. 강이와 뽀 역시 입양되었고, 분홍이는 사망했다.

여기를 보세요, 하나, 둘, 셋!

누렁이들이 한자리에 모였습니다. 세상에 태어나서 한 번도 나쁜 마음을 먹어 본 적 없는 눈망울입니다. 저렇게 무리지어 있어도 싸움 한 번 일어나지 않는답니다. 그러면서도 애교는 또 얼마나 많은지요. 주인이 아프면 곁에서 함께 앓기도 하는 녀석들입니다. '사진 찍자, 애들아!' 하고 부르면 저마다 저렇게 멋진 포즈를 취한답니다. 카메라에 눈을 딱 맞출 줄도 아네요. 차례대로 복남이, 진진이, 수리, 당당이, 흑돌이입니다. 단체 사진도 한 장 찰칵 찍습니다.

누렁이들은 덩치가 너무 커서 입양이 잘되지 않습니다. 순하고 충성스럽지만 모두가 꺼리는 눈치입니다. 그래서 누렁이들은 외롭습니다. 사람의 손길을 간절히 원하지만 눈길 한 번 받기 힘듭니다. 그런데요, 누렁이들도 사랑받고 싶습니다.

편견을 거두고 복남이, 진진이, 수리, 당당이, 흑돌이에게도 사랑의 품을 열어 주세요.

봉순이는 북한산의 들개

북한산 굽이굽이 모르는 길이 없습니다. 더러는 바위와 바위 사이를 뛰어넘기도 했고요. 비가 오면 나지막한 산비탈 어디쯤에 몸을 숨기기도 했지요.

향로봉 어디선가 등산객과 딱 마주쳤을 때는 북한산의 주인처럼 단 한 발짝도 물러서지 않았지만 사람들을 향해 위협하지는 않았습니다. 눈이 오면 눈길을 걸어서 길을 만들고 햇빛 쨍한 날은 또 다른 들개를 만나 새끼를 몸속에 간직하기도 했습니다.

북한산 중턱의 산악 구조견 진돌이와 밥을 나눠 먹으며 바위틈 은밀한 곳에서 몸을 풀기도 했습니다. 뼈마디 채 아물기도 전에 봉순이는 또 북한산 골짜기를 헤매고 돌아다녔습니다. 오글오글 배고픈 새끼들의 밥을 벌기 위해서였지요. 봉순이는 누구의 도움도 없이 새끼를 키워 낸 장한 어미입니다.

탈출이다, 빠삐용!

눈동자가 참 꼿꼿합니다. 녀석의 눈동자 속에는 호기심과 두려움과 불확실한 미래에 대한 강한 희망 같은 것이 서려 있습니다. 두려움 속에서도 뭐랄까? 당당한 호기심 같은 것이 있네요. 사진은 바로 구조 당시 녀석의 모습입니다. 두려움에 맞서는 끈질긴 자기 존재감 같은 것이 느껴지지 않으세요? 어떻게 먹고 어디서 밤을 견뎠는지는 잘 모르겠지만 지난 시간이 무척 힘들었을 것은 불 보듯 뻔한 일인데요. 녀석은 전혀 기죽지 않았습니다. 지금은 무척이나 까불고 샘도 많고 호기심이 많은 데다가 식탐도 왕성한 빠삐용으로 살고 있습니다. 어느 한순간도 주눅 드는 법이 없습니다.

영화 〈빠삐용〉의 빠삐용도 사지에서 탈출을 감행해서 자유인으로 당당하게 살았지요. 빠삐용 녀석도 좋은 가정으로 입양되어서 주인의 사랑을 흠뻑 받고 맘껏 재롱도 피울 수 있으면 좋겠습니다.

빠삐용은 한 가정으로 입양되었으나 빠삐용의 지병인 피부병 비용을 감당할 수 없다 하여 파양되었다. 이후 가수 배다해 씨가 입양하였고 빠삐용의 피부병은 많이 호전되었다.

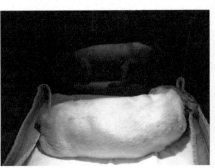

달 속에는
달님이가 살아요

원래 녀석의 고향은 달나라입니다. 잠깐 이 땅에 놀러 왔다가 길을 잃었습니다. 여행이 너무 길었던 탓일까요. 녀석은 그만 인간 세상에 더럭 겁을 먹었습니다. 더는 이곳에 머물 자신이 없었습니다. 그러나 사람들은 녀석이 달나라에서 온 사실을 눈치채지 못했습니다. 녀석의 이름이 달님이라는 것도 모르면서 그저 하늘의 달에만 소원을 빌곤 했지요.

달님이가 잠깐 잠든 사이였습니다. 누가 달님이를 상자 속에 담아 그대로 쓰레기통에 쑤셔 박았습니다. 주인은 발뒤꿈치를 살짝 들어서 사람들이 오가지 않는 곳, 아주 후미진 공원에 달님이를 버렸습니다. 달님이가 사는 나라와 인간이 사는 나라는 너무도 거리가 멀어서 서로의 언어가 달랐습니다. 달님이가 아무리 달나라 말로 말을 걸어도 사람들은 달님이의 말을 알아들을 수 없었습니다. 달님이는 달나라로 가야 하는 시간인데, 상자 속에 갇혀서 여러 날이 흘렀습니다. 달님은 초조했을 겁니다. 그때 고마운 누군가가 달님이를 발견했습니다. 상자를 풀고 녀석을 깨웠을 때 녀석은 이미 의식을 놓친 후였습니다. 달님아! 이름 불러 주었을 때 잠깐 눈을 뜨는 듯했지만요. 달님이는 죽은 듯 오래도록 잠만 잤습니다. 달님이가 잠을 자는 사흘 동안 달빛은 참으로 맑고 차고 환했습니다. 그 기운을 몸으로 받아서 달님이는 잠시 눈을 떴을까요? 그 다음날 달님이는 보이지 않았습니다. 자기가 입고 왔던 한 벌 육신만 조용히 벗어 두고 발자국도 남기지 않고 하늘로 올라갔습니다.

뭘 봐! 내가 시추야

버림받은 시추 '사랑이'입니다. 머리에 리본을 달고 있네요. 뭔가 잔뜩 화가 났습니다. 아직 자신의 현실을 받아들일 수 없습니다. 아마도 어제까지 주인의 품에서 사랑받던 사랑이일 겁니다. 애견숍에 가서 미용도 하고 리본도 달고 목욕도 하고……. 그렇게 우아했던 사랑이였겠지요. 그러나 버려졌습니다. 이것은 분명한 현실입니다. 이제 사랑이는 유기견. 누군가가 버렸고 그래서 상처 입은 영혼은 예민합니다. 특히 사랑을 듬뿍 받은 경우라면 이곳에서 영영 적응하지 못할지도 모릅니다. 때로는 우울증에 빠지기도 합니다. 사랑이의 마음을 모두 읽을 수는 없겠지만 눈빛만은 분명히 알 수 있습니다. 언어보다 더 멀리 가서 가슴에 꽂히는 절대 문장.

"나는 사랑받고 싶어요."

사랑이는 또 다른 주인을 기다립니다. 그런데 하나 궁금한 것은 주인은 왜 사랑이를 버리기 전에 몸을 씻기고 머리에 리본을 꽂은 걸까요? 왜 그렇게 정성껏 단장한 후에 사랑이를 버렸을까요? 고개를 갸웃거리다 머리를 주억거리게 됩니다. 할 만큼 했으니 양심에는 꺼릴 게 없다는 겁니다. 그러나 정말 그럴까요? 손바닥으로 하늘을 가리면 하늘이 가려질까요? 위선에 대한 대답은 이렇습니다. '웃기는 짬뽕'입니다.

내 이름은 빨강

아기 고양이 네 마리가 모여 있습니다. 그러나 어미가 보이지 않습니다. 아직 젖도 떼지 못한 듯합니다. 공원 한쪽 모퉁이에 모여서 오도 가도 못 하는 신세입니다. 지나가던 경찰 아저씨가 걸음을 멈추었습니다. 오글 오글 모여 있는 아기 고양이들은 온몸이 헌데투성이입니다. 눈가에 진 물이 흘러서 앞을 볼 수 없는 지경입니다. 경찰 아저씨는 상자에 아기 고 양이를 주섬주섬 담아서 녀석들을 이곳으로 데려왔습니다. 살 수 있을 까? 바로 병원으로 이송해 입원시켰지만 이미 극심한 영양실조와 탈수 로 세 마리의 아기 고양이가 숨을 거두었습니다. 그중 가장 약해서 살 수 있을지 걱정했던 못난이만이 병마를 이겨 냈습니다.

외계에서 방금 온 우주인 같죠? 그래도 지금은 귀한 자태를 뽐내면서 어 느 가정의 반려묘가 되었습니다. 이름은 못난이에서 '빨강이'로 개명했 습니다. 몰라보실 거예요. 오동통 살도 오르고 뽀얗게 털끝을 날리면서 꼬리를 휘리릭 감기도 한답니다. 빨강아 하고 불러 보세요.

거만한 척, 우아하게 뒤돌아다보는 척, 야옹!

당당이와 진진이는 자매

당당이와 진진이는 충남 당진군의 어느 농수로 안에서 구조되었습니다. 추위와 굶주림을 더는 감당하지 못했던 한 녀석은 그만 서둘러 먼 길을 떠났습니다. 세 마리의 강아지가 농수로 안에 갇혀서 얼마의 시간이 흐른 걸까요? 죽은 형제 곁에서 당당이와 진진이는 단 한 발짝도 떨어진 적이 없습니다. 그러는 사이 녀석들의 몸은 부스럼투성이가 되었습니다. 추위와 굶주림과 온몸에 난 상처와 싸워야 했던 녀석들은 숨 쉬는 것조차도 힘들었을 겁니다. 지나가는 사람들의 발걸음에 가슴은 또 얼마나 두근거렸을까요? 그래서 그런지 이곳에 구조되어 와서도 당당이와 진진이는 늘 한 몸처럼 붙어 있습니다. 서로 서로 보듬고 쓸어 주는 것만이 이 세상에 살아 있는 유일한 증거인 양, 녀석들은 서로를 안쓰러워합니다. 지금은 잠이 들었습니다. 작은 보금자리 안에서 둘이 함께 하늘의 기를 모으는 중인가 봅니다. 태극의 문양처럼 너와 나의 경계를 지워 가며 녀석들은 꿈속에서도 서로의 존재를 보듬는 듯합니다. 지금 녀석들은 편안할까요? 둘이 함께 있어서 괜찮겠다 싶다가도 왜 이렇게 발길이 떨어지지 않는 걸까요? 녀석들의 꿈속조차도 알 수 없는 슬픔이 묻어 있는 것 같아 오래도록 가슴이 알싸합니다.

사람 없는 재개발촌의 길고양이

사람들이 모두 떠난 자리에 길고양이들이 제대로 둥지를 틀었습니다. 인근 산자락에서 살다가 아파트가 들어서자 밀리고 밀려서 이곳에 터를 잡았습니다. 사람 없는 이곳에서 길고양이들은 무엇을 먹고 사는 걸까요? 한가롭기는 참으로 한가롭습니다. 세상의 주인처럼 어슬렁거리는 길고양이들은 바람에도 햇빛에도 쫓기지 않습니다. 발걸음도 천천히 걸어가는 뒷모습은 얼마나 아름다운지요. 사람은 없어도 바람은 불고 자라던 풀들은 여전히 제자리를 지키면서 무성합니다. 누구네 집이었을까요? 한 번도 잠가 본 적 없는 문처럼 처음부터 환하게 열려 있는 대문입니다. 이곳 재개발촌에서 길고양이들은 더는 골목으로 숨어 다니는 그림자가 아닙니다. 잠잘 때 자고 일어날 때 일어나서 하늘을 등에 업고 땅 위를 당당히 걸어 다니는 네발짐승입니다. 자기들만의 말을 하고 사랑을 하고 새끼를 낳고 그렇게 시간이 흘러가면 또 다른 세상으로 영혼을 보내 주기도 하는, 저절로 나고 저절로 죽기를 거듭하는 자연입니다.

그런데 이곳도 곧 아수라장이 될 것은 불 보듯 뻔합니다. 그때가 되면 길고양이들은 또 어디로 몸을 숨겨야 할까요? 진정 그들은 저 스스로 먹이를 구해서 먹고 자고 때로는 어슬렁거리는 야생의 삶을 살 수 없는 걸까요? 저기 지붕 위에서 평화롭게 햇볕 바라기를 하는 길고양이를 제발 모르는 척해 주시길요. 그냥 내버려 두면 좋겠습니다.

사랑받고 싶어요

찰스는 표정이 풍부합니다. 오늘도 창가에 턱을 받치고 앉았습니다. 눈빛으로 열심히 이야기합니다.

"사랑해 주세요."

시선은 언제나 말 없는 말이어서 소리보다 강한 의미를 담습니다. 녀석의 눈망울은 그렇게 사람의 마음을 사정없이 잡아 흔드네요. 의심 없이 파고드는 저 몸의 말……. 누가 감히 저버릴 수 있을까요?

찰스는 교통사고를 당했습니다. 치료는커녕 그대로 개 농장으로 넘겨졌습니다. 만약 동물자유연대에 구조되지 않았더라면 녀석은 즉시 도살되어서 생을 마감할 뻔했습니다. 그러니까 찰스는 두 번 사는 셈입니다. 하마터면 볼 수 없었던 녀석의 재롱……. 녀석의 표정이 한없이 맑고 깊어서 오히려 깜깜합니다.

날아라, 캣!

고양이 귀가 잘렸네요. 중성화 수술을 받은 '길냥이'입니다. 우리나라에서는 길고양이의 중성화 표시로 귀를 조금 자르고 있는데요. 그런데 조금만 예쁘게 잘라 주면 어떨까요? 이웃 나라 일본에서는 고양이의 중성화 표시로 V자로 자르기도 한다는데 말이죠. 어떤 녀석의 귀를 보면 마치 병들어서 귀를 갉아 먹은 것처럼 험하게 잘라 있기도 하거든요.

그나저나 저기, 녀석은 무슨 일로 이곳에 숨어든 것일까요? 주위를 삼엄하게 살피는 자태가 무척이나 아슬아슬합니다. 어디 먹이를 찾아가는 중일까요? 두 귀를 쫑긋 세우고 한 곳을 뚫어지게 바라보는 눈매가 여간 매섭지 않습니다. 아직 야성을 포기하지 않은 모습이 오히려 늠름합니다. 흰색과 검은색 털이 적당히 섞여 있는 녀석의 자태는 참으로 아름답습니다.

먼먼 옛날, 문명이 발달하지 않던 시절의 고양이는 밀림을 넘나들었겠지요? 그때는 적당히 먹이를 취하고 새끼를 낳고 또 목숨이 다하면 흙으로 돌아갔겠지요? 저 녀석, 지금 왼쪽으로 달아날까 오른쪽으로 달아날까 궁리 중인 모양입니다. 아무도 녀석의 뒤를 캐지 마시길요. 녀석이 천천히 몸을 숨길 때까지 누구도 쉿! 숨죽이시길요.

네발 달린 인간

궁금한 게 참 많은 녀석들입니다. 창을 통해 안을 들여다봅니다. 마치 제 집을 바라보듯 거리낌이 없습니다. 저들은 당연하다는 듯 여기 안의 모든 것을 믿는 눈치입니다. 언제부터 이렇게 마음을 무장 해제한 것일까요? 다만 녀석들에게 먹이를 준 것뿐인데 말이죠. 녀석들은 마치 모든 것을 걸었던 사랑처럼 안을 향한 시선이 골똘합니다. 사람과 사람 사이에서 볼 수 있는 눈빛 같습니다. 녀석들이 사람처럼 느껴질 때가 있어 가끔 놀라기도 합니다. 그렇다면 저들을 네 발 달린 인간이라 부르면 어떨까요? 예를 들자면 나비는 날개 달린 인간, 달팽이는 등에 집을 지고 다니는 인간, 매미는 허물을 벗는 인간……. 안 될까요? 저들도 모두 사랑하고 미워하고 먹이를 위해 싸들고 잠들고 헤어집니다. 보세요. 가을이, 깜돌이, 주디는 지금 심각하게 마음을 교환하는 중입니다. 안의 풍경에 서로 눈을 마주하면서 이견을 조율하는 중이랍니다. 녀석들은 시끄럽게 짖지도 않습니다. 그저 가만히 안의 소식을 바라보는 겁니다. 가끔은 햇빛 아래 앉아서 침묵하기도 하는데요. 그럴 때는 마치 철학자의 사색처럼 깊어 보이기도 합니다. 그나저나 가을이, 깜돌이, 주디는 창가에서 떨어질 줄을 모릅니다. 간식이라도 챙겨 주어야 하는데 녀석들만 주기에는 동물자유연대 식구가 너무 많습니다. 문을 닫고 있자니 녀석들이 안쓰럽고, 창문을 열자니 간식일까 기대하는 녀석들 때문에 불편해서 이러지도 저러지도 못하겠는, 해가 살짝 기운 오후 세 시 사십 분입니다.

졸리가 바라보는 세상

졸리가 바라보는 세상은 어떤 모습일까요? 저렇게 낮은 자세로 바라보는 바깥은 도대체 누구의 세상일까요? 졸리는 지금 벌어진 문틈 사이로 세상을 엿보고 있습니다. 언젠가는 꼭 가 보고 싶은 저기. 졸리는 밖으로 무사히 나갈 수 있을까요? 여기 동물들은 사람의 손길이 닿지 않는 한 절대로 이 문을 나설 수 없습니다. 사랑의 힘으로 누군가의 가정으로 입양되지 않는 한 녀석들은 저렇게 문틈 사이로 세상을 바라보는 일이 고작입니다. 그래도 녀석의 눈망울은 아직 초롱초롱합니다. 장난기도 약간은 보이는데요. 참으로 다행입니다. 녀석들도 사람처럼 자기 존재를 비관해서 어느 날 문득 춥고 구석진 자리로 자기를 데려가기도 하거든요. 여기 이렇게 모여 있는 녀석들은 모두 사람들과 함께 사랑을 나누면서 살아가야 하는 반려동물입니다. 어떤 이는 개들은 모두 풀어서 자연으로 방생해야 한다고 주장하기도 합니다. 그러나 그것은 무책임한 말입니다. 도대체 어디서 먹이를 구하고 어디서 추위를 피할 수 있을까요? 그렇게 모두 풀어놓았을 때 저들의 생존 확률은 또 얼마일까요? 녀석들은 사람 앞에서 저렇게 자기를 사심 없이 내려놓습니다. 모든 것을 내려놓고 사람들을 대하는 저들의 운명……. 그것은 아마도 사람 곁에서 사람과 함께하라는 자연의 명령 같은 것 아닐까요? 졸리는 오늘도 우리 곁으로 돌아오고 싶습니다.

다시, 내 이름은 하코

끊임없이 누군가를 경계해 본 적 있으세요? 잠자다가도 기척이 느껴지면 벌떡 몸을 세운 일 없으세요?

내 것이라곤 아무것도 없는 세상에 어찌어찌 새끼를 하나 얻었습니다. 목숨보다 더 소중한, 세상의 단 하나뿐인 나의 아기. 어미가 된 것이지요. 비록 컨테이너 아래가 유일한 거처였지만 그곳은 엄연한 나의 보금자리였습니다. 사람들의 눈을 피해 그곳에서 새끼를 낳고, 키우고, 잠을 청했습니다. 눈 오는 날이면 새끼를 품에 안고 종일 새끼의 몸을 덥히기도 했고요. 배고픈 새끼를 위해 먼 곳도 마다하지 않고 오가기도 했습니다. 사람들은 제가 잠시 한눈을 파는 사이에 새끼를 아무렇지도 않게 훔쳐 달아나곤 했죠. 사람들이 미웠습니다. 그래서 나는 사방을 경계합니다. 안간힘으로 지켜 낸 새끼를 또 잃을까 봐 겁이 납니다. 어떤 어미라도 새끼를 지킬 때는 저와 같겠지요. 저는 그렇게 컨테이너 아래서 살았습니다. 누군가의 손길이 간절했죠. 다행히 지금 저는 좋은 가정에 입양되었습니다. 그리고 다시 태어난 기념으로 이름까지 싹, 갈아 치웠습니다. '하코', 어때요? 멋지죠? 복순이에서 하코가 되는 여정은 참으로 길고 험난했습니다.

당신이 하코 하고 부르면 저는 이제 순하게 돌아봅니다. 그 옛날 불안했던 복순이는 이제 어디에서도 찾아볼 수 없습니다. 사랑은 상처도 이기는 법. 자연 중에 가장 큰 자연은 사랑이라는 것을 배웠습니다.

단지 길을 잃었을 뿐이지요, 백구!

오늘도 저 자리는 백구의 차지입니다. 저렇게 삼 개월을 살았습니다. 웬일인지 동네 주위를 맴맴 돌면서 백구는 자리를 뜨지 않았습니다. 잠시 몸을 움직였다가도 다시 제자리……. 우두커니 앉아서 무슨 생각이 저리도 골똘한 것일까요? 도대체 누굴 기다리는 걸까요? 아무래도 백구는 잃어버린 무엇을 찾고 있나 봅니다. 백구는 버려진 걸까요? 그러나 녀석의 눈에는 원망이 없습니다. 지고하고 지순하게 한자리를 지키면서 조금 늦어지는 약속을 기다리는 눈치입니다. 주인을 향한 충성과 믿음이 녀석을 이 자리에 붙들어 매 둔 것 같습니다. 그래서일까요? 녀석의 눈망울이 불안하지 않습니다. 슬픔 마를 날이 없겠지만 그러나 그것은 공포와는 조금 거리가 있는 표정입니다. '온다면 온다.'라는 신념처럼 백구는 주인을 향한 확신으로 여기, 이 주위를 맴맴 돌고 있는 듯 보입니다. 어제도, 오늘도, 내일도 백구의 마음은 변하지 않습니다.

그러던 어느 날 백구가 TV 〈동물농장〉에 출연하게 되었습니다. 동네 주민이 녀석의 범상치 않은 사연을 방송국에 제보한 것이지요. 방송이 나

가고 백구는 금세 주인의 품에 안겼습니다. 녀석은 대문이 열린 틈을 타 바깥세상을 구경하러 나갔다가 길을 잃었던 것입니다. 주인은 주인대로, 백구는 백구대로 그리움의 시간이 삼 개월이나 되었네요. 알고 보니 주인은 백구가 있던 곳에서 그리 멀지 않은 곳에 살고 있었습니다. 백구에게 목걸이 하나만 걸어 줬어도 서로 이런 고생은 없었을 텐데 말이죠. 그렇게 백구는 주인을 찾았습니다. 녀석은 정확하게 알고 있었던 겁니다. 자신은 버려진 것이 아니라 그저 길을 잃었다는 것을요. 그것은 삶과 죽음의 차이만큼이나 큰 것이어서 백구를 백구답게 살게 하는 힘이었던 셈이지요.

Part 3

날 울리지 마세요

한바탕 꿈이었어, 메리!

메리는 앞을 볼 수 없습니다. 시각 장애견인 거죠. 구조 당시 녀석은 작은 움직임에도 민감하게 털끝을 세웠습니다. 사람에 대한 적의로 노골적인 경계심을 드러냈습니다. 녀석은 최초의 궁리인 듯 최후의 수단인 듯 오직 본능적인 방어 자세만을 취했습니다. 한 치 앞도 가늠할 수 없었을 테니까요. 그런 녀석의 모습은 차마 눈뜨고는 볼 수 없을 만큼 지쳐 있었습니다. 두 눈을 멀쩡히 뜨고도 두려운 세상인데 녀석은 얼마나 무서웠을까요? 아무것도 기댈 수 없는 그 깜깜했던 시간을 혼자 어떻게 견디면서 살았을까요?

메리는 그런 이유에서였는지 누구에게도 곁을 주지 않았습니다. 소리에 민감했던 녀석은 바튼 기침 소리에도 침침한 구석을 파고들었습니다. 누구도 감히 녀석의 터럭 하나 건드릴 수 없었습니다. 덩어리처럼 웅크린 채 모두에게 등을 돌렸던 겁니다. 그런데 웬일일까요? 저에게만은 곁을 내주었습니다. 그러나 불행은 또 다른 불행을 불러들이는가 봅니다.

동물자유연대 윤정임 실장과 사망 직후의 메리. 메리는 유일하게 윤정임 실장에게만 마음을 열었고 윤정임 실장의 목소리를 마지막으로 이 세상을 떠났다.

동물자유연대에 입소한 지 채 1년도 지나지 않아서 메리는 만성 신부전증을 앓게 됩니다. 녀석에게는 몹시도 고통스러운 나날이었을 겁니다. 그렇게 산 채로 죽음을 고스란히 살았던 메리.

녀석은 숨 끊어지기 직전까지 나를 기다리고 있었습니다. 마지막 핏줄을 찾는 피붙이의 간절함처럼 메리는 내가 병원에 도착할 때까지 목숨줄을 끈질기게 붙들고 있었던 겁니다. 다급해진 내가 '메리'라고 불렀을 때 녀석은 안심이라도 하는 듯 순식간 숨을 훅 꺼 버렸습니다. 내게 뭐라 말을 건네고 싶었던 걸까요? 조금 전까지도 더운피 동물이었던 메리…… 나는 녀석의 식어 가는 육체를 차마 바닥에 내려놓지 못했습니다. 한바탕 사나운 꿈을 꾼 것처럼 명치 끝 어디쯤 통증이 한꺼번에 몰려와서 먹먹했습니다. 메리는 그렇게 사랑을 남겨 놓고 떠났습니다. 그리고 나는 여기 여전히 살아서 밤하늘의 총총 별이 된 메리를 기억합니다.

한바탕 꿈이었어, 메리!

행복한 일상을 제안하는
실용·감성·교양 콘텐츠

에세이

여행

취미

패션

예술/교양

요리

글쓰기

넥서스

패션, 열정, 꿈에 대해 이야기하다
세련된 이들이 말하는
삶, 패션 스타일링 노하우

NEW 맨즈 잇 스타일

이선배 지음 | 320쪽 | 15,000원

패션 가이드는 물론 남자만을 위한 화장법,
남자의 매너&연애까지 코칭한다.

멋진 사람들의 물건

이선배 지음 | 364쪽 | 15,900원

패션부터 리빙, 디저트까지 품격을 드러내는
잇 아이템 400개를 소개한다.

좋아 보여

계한희 지음 | 240쪽 | 15,000원

세계 패션 거장들이 주목하는 패션크리에이터
계한희의 젊은 멘토링.

세상은 나를 꺾을 수 없다

고태용 지음 | 264쪽 | 14,500원

'국민 개띠'로 유명한 비욘드 클로젯의 CEO
고태용 디자이너의 통쾌한 도전!

비주얼 스토리텔링, 인포그래픽으로 읽다
그들의 인생은 결코 흑백 화면처럼 단조롭지 않았다

인포그래픽만으로 구성된
획기적인 아트북 시리즈

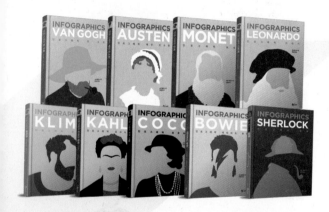

- **인포그래픽, 반 고흐** 소피 콜린스 지음 | 진규선 옮김 | 96쪽 | 13,500원
- **인포그래픽, 제인 오스틴** 소피 콜린스 지음 | 박성진 옮김 | 96쪽 | 13,500원
- **인포그래픽, 모네** 리처드 와일즈 지음 | 신영경 옮김 | 96쪽 | 13,500원
- **인포그래픽, 다빈치** 앤드류 커크 지음 | 박성진 옮김 | 96쪽 | 13,500원
- **인포그래픽, 클림트** 비브 크루트 지음 | 박성진 옮김 | 96쪽 | 13,500원
- **인포그래픽, 프리다 칼로** 소피 콜린스 지음 | 박성진 옮김 | 96쪽 | 13,500원
- **인포그래픽, 코코 샤넬** 소피 콜린스 지음 | 박성진 옮김 | 96쪽 | 13,500원
- **인포그래픽, 데이비드 보위** 리즈 플래벌 지음 | 신영경 옮김 | 96쪽 | 13,500원
- **인포그래픽, 셜록** 비브 크루트 지음 | 문지혁 옮김 | 96쪽 | 13,500원

상자 안에 버려진 밤톨이

제발, 제발 가까이 오지 마세요. 누가 내 팔과 다리를 작신 분질러 놓았을
까요? 여기는 무덤 속입니다. 살아서는 도저히 오지 못할 곳에 나는 버젓
이 눈뜨고 도착했네요. 나는 상자에 담겨서 여기까지 왔습니다. 산 채로
염을 한 것일까요? 어느 손이 나를 밤톨 무늬 담요에 둘둘 말아, 착착 접
어, 뚜껑을 꼭꼭 닫아 버렸을까요? 냄새로도 소리로도 찾아갈 수 없는 내
집……. 나는 이제 그곳으로 돌아갈 수 없습니다. 한때는 서로 몸을 비비
면서, 반기면서, 지극하게 사랑하면서 살았지요. 그러나 지금은 눈뜨고
도 세상은 캄캄합니다. 혼자라는 말, 버려진다는 뜻, 그런 것은 잘 몰라도
이제 나는 갈 곳이 없습니다.

사람들은 모두 자기들이 세상의 주인이라 생각하는 모양입니다. 그러니까 좋을 때는 만지고 싫어지면 가차 없이 버리면서도 눈썹 한 올 깜짝하지 않는 것이겠지요. 새끼를 낳고 젖이 돌고 아침이면 눈을 뜨고 밤이 되면 잠을 자는 이 세상의 모든 것은 정말 인간만을 위해서 존재하는 걸까요? 보세요, 이마 위의 상처……. 모두 나를 보고 교통사고라고 말하지만 글쎄요……. 발걸음 소리가 들리는군요. 구석으로 몸을 숨겨야 하는데 여기선 사방이 구석이어서 오히려 한눈에 들키기가 십상입니다.

이마 위가 뜨끈해집니다. 별이 쏟아지네요. 이대로 그만 잠들고 싶은데 발걸음 소리가 너무 선명합니다. 누가 또 나를 데려가려 합니다. 버리고 버려지면서 한 생이 흘러갑니다.

밤톨이는 상처를 치료한 후 좋은 가정에 입양되었다.

쓰레기장이 웬 말?

갑순이의 주인은 정신 질환자였습니다. 집에 쓰레기들을 잔뜩 쌓아 두었네요. 골목에서 닥치는 대로 눈에 보이는 것들을 마당 한구석에 주워 모았던 모양입니다. 그래서 갑순이와 태양이, 담비를 포함한 여섯 마리 강아지들도 쓰레기처럼 마당 한구석 철망에 가둬 두었습니다. 노끈으로 졸라맨 갑순이의 목은 이미 노끈이 파들어 간 상처가 깊습니다. 태양이의 몸은 살점이라고는 눈 씻고 보려야 볼 수 없습니다. 그 사람은 갑순이를, 태양이를, 담비를 무엇이라 생각했던 걸까요? 주인을 반기는 갑순이를 혹시 그저 돌덩이나 흙더미쯤으로 여겼던 걸까요?

시인 게리 슈나이더는 '강아지는 네발로 기는 사람, 나비는 두 팔로 나는 사람, 두더지는 온몸으로 기어가는 사람'이라 노래했습니다. 사람마다 성격이 다르듯 모두 모습만 다르다는 겁니다. 세상이 사람만을 위해서 지어졌다는 생각, 그 짧은 생각이 저 많은 생명을 슬프게 하고 있습니다. 누가 저들에게 용서를 구해야 할까요? 그래도 갑순이와 태양이, 담비 그리고 새끼들은 사람을 원망하지 않습니다. 누군가 따뜻하게 품을 열면 그들은 그 품을 거역할 줄 모릅니다. 겨울 다음에 꽃이라 생각한 것은 틀렸습니다. 망각이 꽃을 불러오는 겁니다. 눈망울 어디에도 원망은 없습니다. 그래서 오늘, 녀석들 바라보기가 많이 부끄럽습니다.

희망이 필요합니다

유기동물을 발견했을 때는 누구나 갈등합니다. 어디로 데려가야 할까……? 지자체로 데려갔다가는 안락사를 당할지도 모르는 일. 머리를 짜내고 짜내서 데려가는 곳이 바로 이곳, 사설 보호소입니다. 그러나 사설 보호소 역시 상황은 열악합니다. 작은 집에 개들이 몇 백 마리씩 모여 살기도 합니다. 중성화 수술을 하지 않은 경우에는 끊임없이 새끼들이 태어납니다. 서로서로 물어 죽이기도 하고요. 여름에는 온몸에 구더기들이 들끓습니다. 씻지도 못하고 먹지도 못합니다. 녀석들 모두를 돌보기에는 자원이 턱없이 부족합니다. 고마운 사람들의 손길이 다녀가지만 언제나 일손은 턱없이 부족합니다. 누군가의 손길이 간절히 필요한 곳, 바로 사설 보호소입니다.

사진 속의 녀석들은 표정이 없습니다. 잠시 곁을 내주어도 녀석들의 반응은 무덤덤합니다. 사람이나 짐승이나 모두 내일의 희망이 사라졌을 때 절망을 경험합니다. 이 아이들에게는 희망이 절실합니다.

엄마, 왜 호랑이가 고양이야?

아기 호랑이는 유리문을 박차고 밖으로 나가고 싶은 모양입니다. 아직은 엄마의 젖을 먹고 재롱을 피워야 할 시간이거든요. 엄마의 사랑으로 발톱을 키우고 이빨을 튼튼하게 하고 저 스스로 먹잇감을 해결하고 야생의 힘으로 산을 뛰어넘는 법까지도 배워야 하는데요. 그렇게 동물의 왕이어야 하는 건데요.

구청에서 관내의 어린이들을 위한 체험 전시가 있었습니다. 아기 호랑이를 유리 상자 속에 가두어 버렸네요. 이런 행사는 백화점의 판촉 행사에도 종종 있는 일이지요. 자연 속에서 야생으로 살아야 하는 동물들을 이렇게 가두어서 구경시키는 일, 재밌나요?

혹시 아이들은 야생이란 말을 잘못 이해하지 않을까요? 한 아이가 지나가면서 묻습니다. "엄마, 왜 호랑이가 고양이야?" 아이의 눈에는 저 아기 호랑이가 절대로 호랑이로 보이지 않는 모양입니다. 호랑이와 고양이를 착각하면서 무척 혼란스러운 표정입니다. 그렇게 아이들은 의심하면서 신기해하면서 유리 상자 근처로 모여듭니다. 진정 호랑이라고 생각했다면 저렇게 겁 없이 가까이 갈 수는 없을 텐데요. 물고기가 물을 벗어나면 살 수 없는 것처럼 호랑이도 야생을 벗어나면 살 수 없습니다.

훗날 아이들은 호랑이가 동물원과 유리 상자 속에서 사는 동물이라고 기억하는 날이 오지 않을까요? 아니 그런 날은 오지 않을 겁니다. 왜냐하면 자연의 섭리에서 벗어나는 일은 우리 모두 공멸하는 지름길일 테니까요.

꽃들은 흙에서 새들은 공중에서 그렇게 제자리에서 제 몫의 먹잇감을 구하면서 살아가는 그런 날은 언제 올까요? 저 아기 호랑이는 언제 야생으로 돌려보내질까요? 아니 언제까지 살 수 있을까요? 혹시 자기 스스로 야생을 버리는 것은 아닐까요?

태풍으로 바닷물이 한바탕 뒤집어지면서 바다가 깨끗하게 청소되듯 호랑이의 포효하는 울음소리로 사방천지 동물의 위계가 바로 잡히면 좋겠습니다. 땅 위의 것들은 땅 위로 돌아가고 물속의 것들은 물속으로 돌아가서 저절로 저마다의 세상이 되었으면 합니다. 그래서 아이들은 호랑이를 호랑이로, 채송화를 채송화로 기억하면서 함께 자라서 자연으로 돌아가는 그날…….

정말 그날은 영영 오지 않는 걸까요?

종이상자를 침대 삼아

나는 주차장 지킴이였습니다. 모두 나를 주차장 복돌이라고 불렀답니다. 주차장에서 먹고 자고 목줄이 허용하는 주변을 맴맴 돌았습니다. 그곳이 세상의 끝인 줄 알았습니다. 그렇게 우직하게 주차장만 지키면 아무 탈 없을 줄 알았지요. 사람의 그림자는 잘 볼 수 없어도 묵묵히 주어진 일만 하면 좋은 것으로 생각했습니다. 우리 주인은 나를 일만 오천 원에 사 왔다고 합니다. 짜장면 세 그릇 값이네요. 그러던 어느 날 시원하게 제 목줄이 풀어져서 주차장 주변을 어슬렁거렸습니다. 그러다 그만 뒤로 굴러 오는 자동차 바퀴에 납작하게 깔리고 말았답니다. 다리가 부러지고 갈비뼈가 왕창 나갔지요. 꼼짝할 수 없었습니다. 사고가 난 그 자리에서 일주일을 버텼습니다. 주인은 병원에 데려갈 생각을 하지 않았습니다. 상자를 침대 삼아 병치레를 했습니다. 하늘이 노랗고 다시는 걸을 수 없을 것 같았습니다. 주차장을 지키는 일은커녕 아무것도 할 수 없었습니다. 무서웠습니다. 하지만 그 속에서 제가 하나 알게 된 것이 있습니다. 하늘은 하나의 창문을 닫아 걸 때 조용히 다른 창을 열어 둔다는 것을요. 동물자유연대에서 나를 데려가기로 한 것입니다. 일만 원을 주인에게 주었다고 합니다. 이곳으로 거처를 옮기고 나서 동물병원에 다녔습니다. 따뜻한 손길들이 내 목숨을 살렸습니다. 나는 마당을 힘차게 뛰어다닙니다. 다시는 볼 수 없을 것 같았던 하늘인데요. 하늘은 멀어서 푸른 것이라는 말이 눈물겹습니다. 눈부시게 푸른 저 하늘을 향해 나, 복돌이는 짖어 봅니다.

누구, 날 사랑해 줄 주인은 없으신가요?

날, 울리지 마세요

무서운 꿈을 꾼 듯합니다. 눈가에는 마른 눈물 그늘이 보입니다. 아직은 무서움이 뭔지도 모르는 시간. 밤새 보채는 울음을 길바닥이 받아줄 리 없습니다. 그렇게 외로움을 온몸에 각인시키는 중이었을 겁니다. 여린 입술은 아직도 어미젖을 더듬는 듯합니다. 눈동자와 눈동자가 마주쳤을 때 눈길조차 피할 줄 모르네요. 어찌 된 일인지 주위에는 아무것도 없었습니다. 아기 고양이는 홀로 길바닥에 부려졌습니다. 다만 울고 있었지요. 내가 가만히 아기 고양이를 손바닥에 올려놓았을 때, 그 감촉이 제 어미의 품이라 착각한 모양입니다. 손바닥으로 파고들어서 잠시 조는 틈을 타 급하게 이동장 속으로 피신시켰습니다. 이 밤이 지나면 녀석은 살아 있는 목숨이 아닐지도 모르거든요. 바람은 제법 차고, 눈에 시퍼렇게 불을 켠 배고픈 짐승들은 아기 고양이를 그냥 내버려 두지 않을 겁니다. 아기 고양이는 그런 것들이 얼마나 무서운 것인지 모릅니다. 그저 본능으로만 고운 털끝을 세우고 눈동자를 꼿꼿하게 할 뿐입니다. 녀석의 이름을 '삐용'이라 지었습니다. 눈동자가 터질 듯 삐용 하고 쳐다보는 것만 같았거든요. 전혀 경계를 풀지 않았습니다. 도움이 어디서 오는지 그런 것들을 알 수 있는 나이가 아니잖아요. 하지만 자기의 운명이 어느 칸에 걸려서 무슨 음을 낼 것인지에 대해서는 몹시도 궁금한 모양입니다. 저 눈망울 속에는 여러 겹의 문장이 지나갑니다. 알 수 없는 미래에 대한 불안과 함께 희망도 품어서 창살을 움켜쥔 발톱은 날카롭지 않습니다. 그러다 문득 초점 없는 시선이 멀리 풀어집니다. 삐용이는 지금 무엇을 생각하는 중일까요? 아직은 어미 품이 몹시도 그리운 모양입니다.

누구 없어요?

이 집은 사람의 그림자가 사라진 지 오래입니다. 허브는 여기 혼자 남아 하늘과 바람과 별과 굶주림을 벗 삼아 생명을 구걸했습니다. 하루 또 하루를 버티는 일은 아마도 지옥을 경험하는 일이었을 겁니다. 주인이 집을 떠난 지 벌써 일 년. 한 달에 두어 번 물과 밥을 챙겨 다녀가기도 했습니다. 그러나 이제 허브는 그들을 알아볼 수 없는 지경입니다. 사람의 발걸음 소리가 들리면 저기, 쥐구멍처럼 뚫린 구멍 사이로 몸을 숨겨 버렸거든요. 처음부터 사람의 손길을 느끼지 못했더라면 이렇게 버려졌다는 생각도 하지 않았을 텐데……. 허브에게 이곳은 꿈속에서도 돌아가고 싶지 않은 현실입니다. 따뜻한 마음속에서 살았더라면 허브의 몸에 찾아온 병마도 쉽게 물러갔을까요?

지금 허브는 이 세상의 생명이 아니랍니다. 병명은 '심장 사상충'이었고요. 구조 직후 치료 과정 중에 숨을 거두었습니다. 그런데 웬일일까요? 여기보다는 죽음 속으로 걸어 들어간 허브가 오히려 안심입니다. 그곳은 혼자 외롭지 않아도 될 것이고, 육체를 벗었으니 굶주림도 없을 겁니다. 허브는 지금 어느 별을 지나가고 있을까요? 다음 세상에는 나지막한 언덕쯤에 제비꽃으로 태어나면 좋겠습니다.

쓰레기통 무덤

녀석은 이름이 없습니다. 처음부터 죽은 몸이었으니까요. 우리는 녀석을 '이름 없는 개'라 명명했습니다. 들판에 핀 꽃들도 모두 제각각 이름을 달고 서 있는 법. 그러나 녀석의 이름은 없습니다. 누구나 한 번 왔다가는 세상. 사람도 개도 물고기도 채송화도 한 생에 딱 한 목숨입니다. 그렇게 한 번씩 살다 가는 시간 중에 어떤 생명은 저렇게 쓰레기통에서 생을 마감합니다. 눈이나 제대로 감았을까요? 죽음이 임박했을 때 녀석은 무슨 생각을 했을까요? 그 순간을 벗어나고 싶어서 얼마나 몸부림쳤을까요? 삶과 죽음의 찰라에서 녀석이 바라본 세상은 무엇이었을까요? 개가 쓰레기통 안에 있다는 제보를 받고 달려갔을 땐 이미 녀석의 숨이 끊어진 지 몇 시간이 지난 후였습니다.

녀석은 자신이 쓰레기통 안에 버려졌다는 것을 알았을까요? 이 지경에서의 바람은 녀석이 차라리 아무것도 모른 채 하늘로 갔으면 하는 겁니다. 녀석을 쓰레기통에 처박았던 그 손은 어디에서 무엇을 하고 있을까요? 도무지 의문투성이의 세상입니다. 바람이 불다 말다 하는 햇빛 쨍한 날, 남쪽 창을 열어서 물 한 그릇과 촛불 한 자루를 켜 놓았습니다. '이름 없는 개'의 명복을 빌어 주려 합니다. 부디 다음 세상에서는 바람으로도 태어나지 말기를…….

루돌프는
당신을 그리워합니다

저 눈동자는 누구를 보고 있는 걸까요? 초점이 맞아떨어진 그곳은 어디일까요? 무언가를 뚫어지게 바라본다는 것은 무언가를 간절히 원한다는 것인데요. 그것은 아마도 희망을 향해 가는 간절함이겠지요. 그러나 루돌프가 바라보는 그곳에는 아무것도 없습니다. 루돌프는 없는 희망, 없는 사랑, 없는 세상을 바라보고 있습니다. 그래서 저 눈동자는 너무 많은 이야기를 담고 있습니다. 원망일까요? 연민일까요? 저항일까요? 루돌프는 어디에서 와서 어디로 가는 중일까요? 길을 헤맨 지 꽤 오래된 모양입니다. 피부병이 심해서 털이 모두 빠졌습니다. 가까이서 안아 주고 싶은데 저 눈동자는 모든 것을 거부합니다. 마음에 벽을 쌓은 지 오래된 듯합니다. 우리는 모두 누군가에게 건너가고 싶은 존재들. 누군가에게 사랑받고, 누군가에게 인정받고, 누군가와 함께 사랑하고 싶습니다. 멀리 풀어지는 눈동자는 12월의 끄트머리쯤에서나 멈출 것 같습니다. 그래서 녀석의 이름을 루돌프라 지었습니다. 이름 속에서나마 따뜻해졌으면 하는 바람입니다. 사람이 병이 났을 때 아픈 것처럼 루돌프도 병이 들면 아프답니다. 루돌프도 생각하고 절망하고 두렵고 무섭고 따뜻한 당신을 그리워합니다.

루돌프는 좋은 가정으로 입양되어 오랫동안 사랑받으며 살다가 얼마 전에 노환으로 숨을 거뒀다.

순한 채소처럼 왔다 갑니다

메리가 좋을까요? 해피가 좋을까요? 아니면 춘향이나 제비꽃이라 이름 불러 줄까요? 누렁이는 이름이 없습니다. 누구는 똥개라 부르고 누구는 망초라 부릅니다. 입술을 움직여서 쉽게 부르고 듣기에도 좋은 이름으로 근사하게 지어 주고 싶은데요. 그러고 보니 녀석의 눈망울은 아무것도 마음에 담지 않아서 맑고 천진해 보입니다. 여기는 시골 유기동물보호소. 어디서 태어나서 누구를 거쳐 이곳까지 왔을까요? 아무도 녀석을 돌봐 주지 않습니다. 좋은 주인을 만나서 사랑받고 살면 좋았을 것을 녀석은 그런 복을 타고나지 못했습니다. 저 좁은 철창에 갇혔으면서도 무엇 하나 원망하는 기색조차 없습니다. 흘러가는 푸른 하늘과 코앞에 펼쳐진 텃밭의 싱싱한 푸성귀들, 그런 것들만 눈에 밟히도록 바라보고 있습니다. 다음 세상에서는 채소로 태어나기를 소원하는 것일까요? 채소처럼 순하게 한세상 왔다 갈 수만 있다면……. 녀석은 벌써 자신의 운명을 잘 알아서 소신공양하듯 저를 빌고 있는 듯합니다. 그러니까 녀석의 이름이 메리면 어떻고 똥개면 또 어떻습니까? 녀석의 운명은 아, 말하기가 겁이 납니다. 시골 유기동물보호소에 구조된 누렁이는 곧 안락사를 당할 것입니다. 저기 철창문이 열리고 굽었던 관절을 펴는 그 순간, 녀석은 이미 이쪽 세상의 목숨이 아닐 겁니다. 우리는 모두 각자의 몫을 살다 가는 시간의 여행자들. 각자에게 주어진 시간과 공간을 통과하는 것이겠지만, 나는 어쩐지 녀석이 눈에 밟혀서 가슴이 먹먹해집니다.

유기동물의 법적인 보호 기간은 10일이다. 10일 안에 주인이 찾지 않으면 동물의 소유권은 관할 지자체로 넘어간다. 너무나 많은 동물이 버려져 유기동물보호소로 오기 때문에 이 동물들을 모두 돌보는 것은 안락사를 전제로 하지 않는 이상 불가능하다. 우리나라에서는 현재 한 해에 10만 마리 이상의 유기동물이 발생한다.

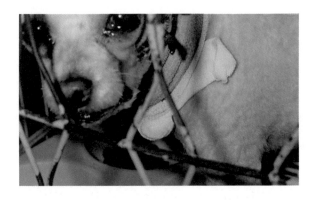

나는 마루타입니다

가끔은 생각합니다. 죽음이란 무엇일까 하고요. 생명의 끝이 죽음이라면 이야기는 간단하겠지요. 그러나 죽음의 의미는 여러 가지로 해석될수 있습니다. 생명은 어느 종이나 통점이 있어서, 죽음이란 육체가 극한의 고통을 넘기지 못하는 임계에서 나타나는 현상이 아닐까요? 살아 있는 동물이라면 누구나 죽음은 삶의 절차입니다. 그러나 죽음의 형태는저마다의 사연을 간직합니다. 마음이 아파서 죽기도 하고, 몸이 아파서죽기도 하고, 외로워서 죽기도 하고, 배가 고파서 죽기도 하고, 포식자의먹이가 되기도 하고, 병에 걸려서 죽기도 하겠지요. 무엇보다 버려져서죽어 가는 모습은 슬픔입니다.

그러나 그것보다 더 아픈 죽음이 여기 있습니다. 저 눈망울은 아직도 삶에 대한 미련을 버리지 못했습니다. 우리가 쓰는 모든 물건은 동물에 의해서 실험을 거친 후에 출시되는 게 대부분인데요. 사람들은 동물에게는 통점이 없다고 간주하는 습성이 있습니다. 그러나 보세요. 저 눈물이 고통을 모르는 눈물일까요? 고통을 넘어서 도저히 저항할 수 없는 어떤 힘에 대한 자포자기가 오히려 더 슬프지 않은가요? 저 강아지는 귀와 목을 실험당한 뒤 안락사되었다고 합니다. 죽는 순간에 차라리 천국을 경험했을 저 생명에 대해 우리는 또 무어라 자신을 설득해야 할까요? 눈을 가리고 코를 들여다봐도 울고 있네요. 코를 가리고 입을 들여다보니 세상에는 없는 비명이 들리는 듯합니다. 하늘 아래 생명으로 태어나서 죽임을 당해야 하는 이 모순된 구조. 그러나 그 속에서도 삶에 대한 소망은 죽음보다 더 깊고 처절합니다.

삶을 도저히 저버리지 못했던 서 눈망울……. 명치 끝이 울울합니다.

피를 쏟는 저 눈동자에 걸려서 그만 나

오도 가도 못하는 오소리 신세가 되었습니다.

씨 고치장의 개들은
새끼만 낳다 죽어요

사람은 뱃속에 열 달 동안 아기를 품습니다. 개도 일 년에 한두 번 발정기를 갖는 것이 정상적인 출산 과정입니다. 그러나 씨 고치장의 개들은 발정제를 먹고 끊임없이 임신과 출산을 반복합니다. 결국 새끼 낳는 기계로 삶을 마치게 되는 것이지요. 그러다 보니 녀석들의 몸은 만신창이가 됩니다. 각종 질병과 스트레스로 녀석들의 생명은 그리 길지 못합니다. 사람의 모성만큼이나 동물의 모성도 대단한 것인데 번식용 개는 새끼를 낳자마자 새끼와 강제로 이별을 당합니다. 누가 사람에게만 영혼이 있다고 주장했을까요? 개들도 영혼이 있어서 주인을 사랑하고 따르고 잊혀지지 않기 위해 주위를 맴맴 도는 건데 말이지요. 단지 먹이를 주는 존재로만 여겨서 개들이 사람을 따르는 것이라는 생각은 너무도 단세포적인 판단입니다. 개들은 본능적으로 사랑을 알아서 그 사랑에 목을 매는 것입니다. 그런 영성의 육체에 새끼는 어떤 의미일까요? 그들 역시 사람과 다를 바 없어서 새끼는 자기의 또 다른 모습이라 여길 것은 뻔한 이치입니다. 그렇게 배 아파서 낳은 새끼를 씨 고치장의 개들은 단 하루도 품에 품어 보지 못하고 모르는 손에게 빼앗기게 되는 것입니다.

인간만이 지적인 존재라 여기는 인류의 오만은 어쩌면 자연의 보복 후에나 반성하게 될지도 모르겠습니다. 잠을 자는 나를 벌떡 깨우는 저 눈동자……. 아무것도 담지 않은 눈, 아무것도 희망하지 않는 삶……. 누가 저들을 저리도 무력하게 만들었을까요? 온종일 철창에 갇혀서 발정제를 먹고 발정하고 교배하고 새끼 낳고 또 멍하게 앉아 있다가 발정제, 교배, 새끼……. 저들은 목숨이 붙어 있는 한 저 짓을 반복해야 합니다. 죽을 때까지 이별하고 죽을 때까지 죽어 사는 몸.

아무리 생각해도 저 살아 있는 한 세상이 무간지옥입니다.

뽀미의 주인은 안락사를
원했지만

'뽀미' 하고 부르면 녀석은 아주 천천히 고개를 돌립니다. 그것이 제 이름인 줄 잘 알면서도 짐짓 외면합니다. 그 마음을 자세히 들여다보면 버려질까 봐 먼저 저버리고 싶은 안간힘으로서의 저항이라는 게 느껴집니다. 한 번 버려졌던 녀석들은 아무것도 믿지 못하는 법이니까요. 버려진 기억은 가슴에 주홍글씨처럼 선명하게 새겨지는 법입니다.

뽀미가 골절상을 입었을 때 주인은 수술비가 없다는 이유로 녀석을 안락사시키려고 했습니다. 너무나 간단하게 죽고, 죽이는 행위……. 살아 있는 모든 생명은 죽음의 예감에 민감하다고 합니다. 뽀미라고 몰랐을까요? 자신이 죽음 직전까지 갔다가 돌아왔다는 것을요. 가난하지만 그래도 인정 많은 주인을 만났더라면 수술도 받고 간호도 받으면서 지금쯤 말짱하게 회복했을 텐데……. 하지만 녀석은 전혀 다른 상황에 놓여 있습니다.

수술 후 회복기에 접어들어서도 아프다는 시늉 한 번 없습니다. 이곳에서는 너무 많은 유기견이 함께 생활하기 때문입니다. 그래서 아픈 자신만을 돌봐 줄 살뜰한 손이 부족하다는 것을 녀석도 잘 알고 있습니다. 뽀미는 앉을 때도 멀쩡하게 서 있을 때도 불편합니다. 아직은 완전히 회복하지 않아서 통증과 맞서 싸워야 합니다. 그런데 녀석은 정말 힘이 없어 보이네요. 아픈 것도 운명처럼, 그런 것들을 본능으로 헤아리면서 뽀미는 그저 표정없이 견디고 또 견디는 삶을 살아야 합니다.

당신, 팔이 부러졌을 때 아팠나요? 뽀미도 그렇게 많이 아프답니다. 아파서 울고 싶고 위로받고 싶고 당신의 품에 안기고 싶기도 하지만 뽀미는 도무지 행동이 없습니다. 어쩌면 이미 사람의 품을 잊었는지도 모르겠습니다.

뽀미의 눈동자가 흐려지네요. 눈물, 맞지요?

목줄 쥔다는 말

사람들은 누구나 자기가 좋아하는 사람에게는 표시를 남기고 싶어 합니다. 그 하나의 예로 손가락에 반지를 끼워 주기도 하고요. 심하게는 몸에 문신을 새기기도 합니다. 그러나 그것들을 가만히 생각해 보면 약속으로 상대를 구속하겠다는 이기심은 전혀 없는 걸까요? 잠들 때도 목욕할 때도 늘 끼고 있는 사랑의 징표……. 그러나 세월이 지나 손가락이 굵어지면서 손에서 영영 빼지 못하는 경우도 종종 발생한다는데요. 몸도 사랑도 마음도 시간이 지나면 변하는 것은 당연합니다. 변하는 것 그 자체도 받아들여서 인정하는 것이 진정한 사랑법 아닐까요?

여기 어려서 주인이 매 준 목줄을 그대로 찬 채 몸집이 부풀어 버린 녀석이 있습니다. 목줄은 살을 깊이 파고들어 녀석의 목은 완전히 기형이 되었습니다. 상처는 곪고 그 주위는 까맣게 죽어 버렸습니다. 썩어 버렸다는 말이 더욱더 분명한 표현일 겁니다. 먹을 것을 제대로 넘길 수 있었을까요? 개들의 안전을 위해서 매는 목줄이지만 그것은 또한 녀석들의 삶을 옭아매는 차꼬임에 틀림없습니다.

녀석의 이름은 누렁이. 목줄을 맨 채 야산을 헤매던 녀석을 구조했습니다. 저렇게 딱 이틀만 더 지났더라면 녀석은 이미 이 세상의 생명이 아니었을 겁니다. 어려서 맨 목줄을 끊어냈습니다. 처음에는 경계하던 녀석도 목줄이 풀어지자 스르륵 잠이 듭니다. 썩어서 문드러진 살을 치료하고 녀석을 위로하면서 그렇게 시간이 흘렀습니다. 어두웠던 누렁이에게도 햇살은 찾아왔을까요? 지금 녀석은 따뜻한 가정에 입양되어서 옛날 일은 까맣게 잊었습니다.

다시는 누렁이에게 목줄 죄는 일이 없으면 좋겠습니다.

Part 4

웃어라, 시몬

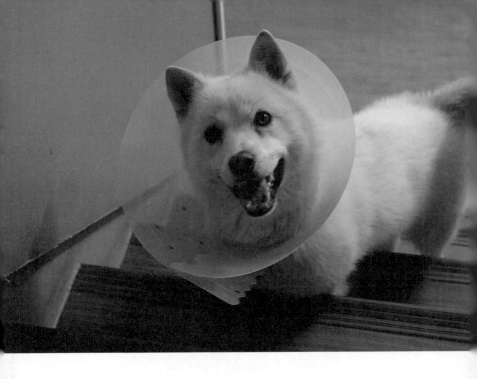

웃어라, 시몬!

'사진 찍자, 시몬!' 하면 카메라 렌즈를 향해서 '김치' 하네요. 시몬의 뱃속에는 김치 외에는 아무것도 없었습니다. 차를 타고 동물자유연대로 오는 동안 멀미를 어찌나 심하게 하는지 속엣것을 모두 토해 버렸거든요. 하마터면 개장수에게 팔려 갈 뻔했습니다. 어느 고마운 아주머니의 손길이 아니었다면 지금쯤 누군가의 뱃속에서 소용돌이치고 있었을 겁니다. 개장수들의 속셈은 빤하답니다. 삼만 원에 시몬 같은 녀석들을 데려다가 음식 찌꺼기를 먹여서 몸집을 불리는 거지요. 그리고 얼마 후 십만 원에 팔아 치워 버립니다. 그것도 남는 장사겠지요. 그런데 골똘히 한 번 생각해 볼까요? 함께 먹고 자고 새소리도 들어가면서 사람들과 뒹굴던 반려동물. 그들을 순식간에 토막 쳐서 불에 익혀서 이빨로 잘근잘근 씹어 목구멍 속으로 스윽 넘겨도 되는 건가요? 그래도 시몬은 원망이 없습니다. 매일 씻기고 먹이고 쓰다듬어 주면서 '사진 찍자, 시몬!' 하면 저리도 맑게 웃어 주네요. 개도 웃을 줄 아느냐고요? 아는 만큼 안다는 소리가 있는데요. 사랑은 하는 만큼 사랑이라는 소리도 있지요. 사랑의 눈으로 바라보면 사랑이 보이는 법입니다. 보세요, 귀공자가 따로 없습니다. 웃는 모습이 그윽하네요. 사심이 없어서 미워할 줄도 모르는 저 천진한 영혼은 어쩌면 인류보다 훨씬 높은 족속일지도 모르겠습니다.

시몬은 좋은 가정에 입양되어 특유의 미소를 간직한 채 행복하게 살고 있다.

메리는 소망한다, 딱 사흘만 볼 수 있기를

메리는 앞을 볼 수 없습니다. 사물에 반응하지 않기 때문에 당연히 친구도 없습니다. 그래서 메리는 여기서 저기로 움직이는 단 한 발짝이 힘겹습니다. 앞을 볼 수 없어서 메리는 사랑하는 사람을 만나도 먼저 꼬리를 흔들지 못합니다. 누군가 먼저 품을 내주면 가슴 깊이 파고들고 싶습니다. 사람이, 사랑이, 정이 한없이 그립기 때문이겠지요. 만약에 메리에게도 소망이 있다면 헬렌 켈러처럼 딱 사흘만 세상을 보는 것은 아닐까요? 그래서 지나가는 바람과 바람에 흔들리는 나뭇가지와 두 손을 앞으로 내밀고 '메리!' 하고 불러 주는 사람과 무엇보다 자신의 네발이 보고 싶지 않을까요?

어느 먼 별에서 저 혼자 뚝 떨어져서 캄캄한 세상을 사는 메리……. 매일 매일 밝아 오는 새벽이 있어도 메리는 섬처럼 고독합니다.

북한산 떠돌이 봉순이

아마도 그날 만났던 개가 봉순이였던 모양입니다. 북한산 자락 밑에 살던 때 새벽 산을 오른 적이 있었습니다. 인적 없는 산길은 밀서를 품은 듯 적요했지요. 무슨 생각이었는지 코앞에서 길을 놓쳤습니다. 가도 가도 길은 길로 이어졌고 낯설었습니다. 사람의 발길이 닿지 않은 산길은 어느 먼 별나라의 한 모퉁이 같았습니다. 그때 녀석을 만났던 겁니다. 내 앞에 느닷없이 나타난 개 한 마리. 칼끝처럼 갈기를 세우고 눈동자는 텅 비어 시선이 멀었습니다. 어딘가를 떠돌다 여기까지 흘러왔는지 모르지만 배가 고팠으리라 생각합니다. 저도 나도 놀라서 제자리에 붙박고 서로 마주한 채 얼마의 시간이 흘렀을까요. 녀석은 나의 작은 움직임까지 놓치지 않았습니다. 무엇이 녀석을 그렇게 절박하게 했는지 이제는 알 것도 같은데요. 새끼였던 모양입니다. 먹이를 구해서 새끼를 돌봐야 하는 어미의 마음은 아무것도 두려울 게 없는 법이죠.

봉순이는 북한산 중턱의 조그만 암자에서 새끼를 낳고 사는 녀석이었습니다. 암자 옆 바위 틈에 새끼를 낳고 산악 구조견 진돌이에게 밥 동냥을 해서 먹고 살았습니다. 북한산의 넓은 흙길을 두루 돌아다니면서 바람의 친구가 되기도 했을 터. 내일을 알 수 없는 공포 속에서 봉순이는 얼마나 어미 노릇을 계속할 수 있었을까요? 그렇다고 무작정 보호소로 데려오면 녀석은 또 이 답답한 공간을 얼마나 견딜 수 있을까요? 하지만 녀석을 그대로 내버려 뒀다간 새끼와 함께 얼어 죽거나 굶어 죽거나 아니면 들개가 되어 사람들에게 공포의 대상이 되는 것은 불 보듯 뻔한 일. 봉순이는 지금 새끼에게 젖을 물린 채 무슨 생각을 하는 걸까요?

저 혼자 붉게 핀

얼음별의 꽃처럼

사람이 두려움을 느낄 때는 제 손으로 제 몸을 껴안는 법이지요. 윌리엄도 그랬습니다. 2킬로그램도 되지 않는 녀석이 동물자유연대 현관에 버려졌습니다. 보호소 현관에서 꼬리를 바싹 감추고 떨고 있었답니다. 어제까지 멀쩡했던 연인에게서 느닷없는 이별 통지를 받았다고 생각해 봅시다. 세상이 텅 빈 듯 발바닥으로 피가 모두 빠져나가는 것 같습니다. 여기에 윌리엄은 생존의 문제까지 걸렸습니다. 녀석은 누군가의 보호를 받지 않으면 도무지 살 수 없는 상태입니다.

요크셔 테리어 윌리엄은 작고 예쁘고 연약하게 태어났습니다. 그래서 사람들의 사랑을 받는 것이겠지요. 그러나 녀석은 그 이유로 버려졌습니다. 이상한 것은 취하고 버리는 것에 대해 아무런 거리낌이 없는 사람들입니다. 우리는 모두가 먹고 느끼고 숨을 쉬는 더운피 동물일진대 이렇게 함부로 생명을 버려도 되는 건가요? 도덕은 진정 인간의 삶 안에서만 적용되는 덕목일까요?

휴일 아침에 만난 요크셔 테리어 윌리엄. 얼음벌에서 저 혼자 붉게 핀 단한 송이 꽃처럼 춥고 배고프고 낯설고 무엇보다 사무치게 사랑해 주던 얼굴이 없다는 것에 녀석은 절망합니다.

누가 지구의 주인은 사람이라 했을까?

찰스는 사납습니다. 누가 살짝 기척만 해도 싸울 태세를 갖추거든요. 그리고 이기는 싸움을 하지요. 덩치도 크고 소리도 우렁찹니다. 공연히 성깔을 부릴 때도 있는데, 그럴 때면 친구들은 모두 꼬리를 내리고 찰스를 피해 달아납니다. 그런 찰스가 웬일인지 보리와 아리를 돌보네요. 마치 어른이 아기를 돌봐 주듯이 아기들을 품기도 하고 핥기도 하고 놀아 주기도 합니다. 저절로 생겨난 모성일까요? 기른 정쯤으로 생각하는 걸까요? 배 아파서 낳은 새끼가 아니더라도 지금 이 순간 찰스는 보리, 아리의 엄마입니다. 제 새끼를 누가 건드릴까 봐 녀석들 주위를 맴맴 돌면서 새끼를 보살핍니다. 앞도 뒤도 재지 않고 그저 본능에 충실해서 저절로 일어나는 마음으로 사랑을 나눕니다. 때가 되면 뜨는 해처럼 또 시간이 지나가면 지는 꽃처럼 저들의 사랑은 그저 그대로의 모습입니다. 그냥 왔다 그냥 가는 수많은 생명이 이 땅의 주인이듯이 찰스는 보리와 아리의 모태입니다. 그러니까 저들이 곧 이 땅의 주인입니다.

공장단지 공터가
고향이래요

어렸을 적에 영화 〈혹성탈출〉을 본 적이 있습니다. 인류가 멸망하고 주인공 한 사람만 살아 남습니다. 사람 곁에 사람이 없는 겁니다. 내용은 다 잊어버렸지만 그때 받은 충격은 아직도 끔찍합니다. 내 곁에 아무도 없다는 생각만으로 몸이 떨렸습니다. 시흥 공장 단지의 사람 하나 없는 공터에서 어미 개가 몸을 풀었습니다. 이곳은 말 그대로 공터입니다. 먼 곳에서 불어오는 바람이 그저 잠깐 머물다 가는 빈 땅. 그곳에서 태어난 강아지들은 영문도 모른 채 공터가 고향이 되었습니다. 공터가 고향인 강아지들은 세상 천지가 허방인 셈입니다. 아무리 둘러봐도 사람이 없습니다. 강아지들은 걸음마를 시작하면서 저렇게 쓰레기장을 배회해야 합니다. 어미의 젖은 당연히 모자라고 본능은 당연히 먹이를 찾아 나서는 것이니까요. 사람이 살다가 모두 빠져나간 저곳에 무슨 먹을거리가 남았을까요? 운명은 언제나 느닷없는 것이어서 쓰레기장의 녀석들은 쓸쓸합니다. 아무리 발버둥쳐도 자기의 굴레는 쉽게 벗어던질 수 없듯 녀석들의 일생 또한 저곳에서 끝장을 보게 되는 것이겠지요. 사람의 운명이나 저들의 운명이나 별반 다를 것이 없다는 생각에 폐부를 돌아 나오는 숨이 뜨겁습니다.

엄마는 어디로 갔을까요?

덩치가 산만해진 바니의 어릴 적 모습입니다. 눈은 왜 저렇게 크고 사심이 없는 걸까요? 내 작은 발걸음에도 귀를 의심하는 모양입니다. 무심히 마주치는 눈망울은 텅 빈 듯 먼 곳으로 풀어집니다. 어떤 그리움이 녀석의 마음을 단단하게 닫아걸어 잠가 버린 모양입니다. 덩치가 커도 새끼는 새끼. 이 땅의 모든 새끼는 어미의 품속이 세상의 전부랍니다. 어느 추운 날, 녀석은 영문도 모른 채 어미와 떨어졌습니다. 엄마는 어디로 갔을까요? 젖이 퉁퉁 불어서 젖몸살을 했을 법한 녀석의 어미도 눈에 삼삼합니다. 칼바람은 살을 에는데 길모퉁이에서 바니의 하루는 또 얼마나 길고 두려웠을까요? 세상 어느 곳에도 기대지 못하는 바니의 울음은 우리 생의 또 다른 형식입니다.

잠만 자면 어쩌니?

기면증을 아시나요? 시도 때도 없이 졸음이 오는 병입니다. 그 병의 속내를 들여다보면 현실 속에서 견디기 어려운 일들에 대한 도피라고 합니다. 몸이 감당할 수 있는 수위를 넘어 버린 고통에 대한 자기 방어인 셈이지요. 잠을 자는 것으로 현실을 외면하는 것입니다. 기면증은 웬만한 약으로는 고치기 어려운 병이라고 합니다. 일종의 정신병적인 증상인데요. 말하자면 죽음의 체험과도 같은 것입니다. 그 병이 깊어지면 인간은 자살도 불사합니다. 그런 현상이 다만 인간에게만 일어나는 걸까요? 누가 인류만이 고통에 대한 감성을 가지고 있다고 단언했을까요? 사람은 겉모양이 사람이라서 사람이고, 개는 겉모양이 개라서 개일 뿐입니다. 개들도 우리와 똑같이 아프고, 슬프고, 꿈꾸고, 배고프고, 사랑하고, 외롭고, 춥습니다. 인간만 꿈을 꾼다고 생각하면 그것은 인간의 오만을 넘어서 천지 만물에 대한 도전일 겁니다.

너구리는 이곳에 와서도 이렇게 잠만 잡니다. 아무리 흔들어 깨워도 일어날 줄 모릅니다. 잠자리를 따뜻하게 해 주면 해 줄수록 녀석의 잠은 깊기만 합니다. 마치 오늘이 생의 끝이라도 되는 양 녀석은 지금의 안락을 잠으로 붙들고 늘어집니다. 녀석의 삶은 무척이나 피곤했던 모양입니다. 그래서 그런지 잠자는 지금이 차라리 편안해 보입니다. 사랑이 그리웠을 겁니다. 그리고 오래오래 꿈을 꾸고 싶었을지도 모릅니다.

잠만 자던 녀석은 구조된 지 3개월 만에 세상 밖으로 떠나가 버렸습니다. 원래 자기의 집으로 돌아간 걸까요? 돌아가는 길이 평안했으면 하는 마음입니다.

그 눈의 진물은 그리움입니다

녀석은 앞을 볼 수 없습니다. 눈이 멀었습니다. 그 눈에 진물이 흘러서 마치 눈물이 범벅된 것처럼 보입니다. 눈병을 오래 앓는 동안 그대로 버려졌던 결과입니다. 복순이의 주인은 누구일까요? 녀석은 매일 어느 빌라 계단에 앉아 있었습니다. 이곳에 혹시 주인이 살지 않을까 수소문했지만 아무도 없었습니다. 낮에는 어디론가 사라졌다가 밤이 되면 제 집을 찾아오듯 어김없이 찾아오는 계단……. 앞도 보지 못하는 녀석은 어떤 기운으로 이곳을 매일 찾아왔던 걸까요? 그것은 아마도 냄새였을 겁니다. 사람도 자기 집은 체취로 알듯 녀석도 자기의 냄새를 따라 저절로 흘러 들어왔던 것이겠지요. 말 못하는 녀석의 마음을 그저 미루어 짐작할 뿐이지만 누구를 오래 기다려 본 사람은 알겠지요. 오지 않는 누군가를 기다리는 마음은 죽음처럼 두렵다는 것을요.

복순이는 오래오래 이곳에서 자리를 뜨지 않았습니다. 아무것도 보이지 않는 세상에서 자기를 견디는 방법은 오직 그리움이었을 겁니다. 복순이는 주인을 만났을까요?

복순이는 주인을 찾지 못했다. 현재 동물자유연대의 직원이 복순이를 임시 보호하고 있다. 오른쪽은 복순이의 최근 모습이다.

복남이를 잡수시겠다고요?

복남이를 잡수시겠다고요? 어제까지 한 지붕 아래서 먹고 자고 뒹굴면서 살 비비던 녀석의 엉덩이와 갈비와 허벅지를 뜯어 드시겠다고요? 그것도 때려잡아서요? 불에 까맣게 그슬려서 소주 한 잔과 함께요?

복남이는 노인정 뒷마당에서 어르신들과 함께 살았던 반려동물입니다. 어르신들을 보면 어김없이 꼬리를 흔들고 애교를 떨던 녀석입니다. 밤이 오면 텅 빈 노인정을 홀로 지키면서 이상한 기적을 모두 물리쳤던 의로운 녀석이기도 합니다. 그런데 오늘, 무슨 바람이 불었던 걸까요? 노인정의 어르신들은 녀석을 술 한 잔에 한 점 고기 안주로 낙점했습니다. 영문도 모르는 복남이는 여전히 온몸으로 어르신들을 반겼겠지요. 따뜻한 품속인 줄 알고 안겨 들었던 사람들로부터 갑자기 담벼락에 매달아졌을 때 복남이의 심정은 어땠을까요? 노인들이 내리치는 몽둥이에 녀석의 두개골은 치명적인 상처를 입었습니다. 순식간에 턱뼈가 나가고 일격에 가해지는 망치와 몽둥이 찜질에 컹컹 짖지도 못하는 속수무책이었을 겁니다. 마침 옆 건물의 유치원 선생님과 유아들에 의해서 복남이는 극적으로 구출되었지만, 녀석의 상처는 아마도 영원히 치유될 수 없을 겁니다. 말 못하는 짐승도 영혼은 있어서 버리고 버려지는 것에 대해서는 망연합니다. 만약, 만약에 우리가 혹시 바람으로라도 다시 만나게 된다면 복남이는 우리를 무엇이라 기억할까요?

입술처럼

한 번도　울어 본 적 없는

거기 숨은 거니? 한쪽 귀와 한쪽 눈과 반쪽의 코만 가리고 네가 바라보는 그곳에는 누가 있는데? 너, 지금 몸을 숨기는 중이겠다. 어디를 멀리 떠돌다 여기까지 오게 되었을까? 이 세상의 모든 새끼는 너나 할 것 없이 처음에는 어미품이 집이었던 것을. 그 품에서 오래 안주하지 못하고 이 골목과 저 골목을 아무렇게나 밀려다녔겠다. 그렇게 너는 바람이 내는 길을 따라 도대체 어디를 떠돌았니, 야옹아. 야성의 발톱은 네 속에서 아직 너를 잘 지키고 있는 것인지……. 숨는다고 숨은 너, 바로 곁의 유리창은 아흐, 크기도 해라. 공처럼 단단하게 작아진 너의 모습을 고스란히 비추어서 보여 주고 마는구나. 쫑긋 귀를 세우고 두 눈 동그랗게 떠서 한 곳을 집중하는 너는 이제 정말 갈 곳이 없는 거니? 세상의 마지막 품인 양, 너는 그 속에서 도무지 나올 생각을 못하는 거니? 지금 이 순간, 입을 꼭 다물어서 한 번도 울어 본 적 없는 입술처럼 너는 슬픔의 덩어리로 거기 가만히 화석이 된 것 같다. 이리로 나와 봐, 야옹아. 그렇게 겁에 질린 입술 살짝 풀어서 야옹 한 번 울어다오. 너나 나나 바람이나 풀이나 모두 한 생에 딱 한 목숨. 야옹아, 내가 손을 내밀면 너도 손을 내밀어서 우리 정답게 악수하자, 생명끼리. 그렇게 사는 날까지 너는 고양이로 나는 사람으로 떠돌다가 다음 생에서는 너는 사람으로 나는 고양이로 만나면 되겠다.

저절로 뜨고 지는 달처럼

혼자 놀고 혼자 먹고 혼자 잠드는 거니? 곁을 지켜 주는 친구는? 사방 철창에 갇혀서 오늘은 종일 누구를 생각했을까? 너의 눈은 태어나서 지금까지 한 번도 나쁜 맘을 먹어 본 적 없었겠다. 그렇게 맑고 깊은 눈망울로 지금은 무엇을 바라보고 있는 거니? 오늘은 비가 오다 말다 하네. 막 돋아난 연록의 싹들은 이제 무성한 숲을 이룰 것인데, 그때도 너는 이 사방 촘촘하게 둘러친 철창 속에서 빗소리 하염없이 들어야 하는 거니? 엄마아빠는 너의 기억 속에 아직도 살아 있는 것인지……. 네 눈 속에는 아무런 원망이 없구나. 하늘에 달이 저절로 떠서 저절로 지는 것처럼 너 역시 지금 이 시간을 저절로 왔다가 저절로 가는 것이라 담담한 거니? 너의 이름을 무엇이라 불러 줄까? 까만 눈동자가 보름달을 닮아서 단 한 치의 어그러짐도 없구나. 그리하여 너는 달이! 너의 이름을 달이라 불러 보면 어떨까? 차면 기울고 기울면 다시 차오르는 하늘의 달처럼 한 번 와서 한 번 가는 이번 생은 참으로 아슬하겠다. 나를 보는 듯 아니 저기 또 우리가 알지 못하는 먼 곳을 바라보는 듯 '달아!' 하고 부르면 두 귀를 쫑긋하게 세워 주는구나. 네 발로 당당하게 저 철창 밖으로 걸어 나갈 수 있기를……. 달아! 하고 부르면 제 이름인 줄 알아서 맑고 밝게 고개 들어 대답하는 순간이 오기를…….

고양이 울음이 지나가는 밤

뱀처럼 기어서 달까지 가고 싶은 날, 그런 날의 고독은 고양이의 울음을 닮았습니다. 날카롭게 허공을 찢어서 어둠으로 그 틈을 채우는 듯한 고양이의 울음은 한줄기의 비명처럼 날카롭습니다. 그러나 그 울음의 뒤끝은 한층 높아서 자꾸 귀에서 맴맴 돌고, 걸어왔던 길을 뒤돌아보게 합니다. 확실히 고양이는 영물이라서 밤의 달처럼 모습이 변하기도 한답니다. 도도한 그 모습에 가끔 무릎 꿇어 경배하고 싶은 마음입니다. 언제 어디에서도 기죽지 않는 고양이. 그런데 그 고양이 속내는 왜 끝도 없이 외로워 보이는 걸까요? 자기를 단 한 번도 내려놓지 않는 고양이. 누구와도 섞이지 않아서 언제나 그림자처럼 혼자인 고양이.

파란색 눈동자를 가진 고양이 한 마리가 나무 통 속에서 몸을 길게 늘였습니다. 고양이의 표정은 여전히 도도합니다. 누구의 시선도 피하지 않고 당당히 맞받아 정면을 응시합니다. 저러다가도 스스럼없이 야옹 하고 허공을 할퀴는, 살(煞)처럼 살을 파고드는 울음은 이상하게도 뼛속까지 시립니다. 그나저나 녀석과 눈이 마주쳤으니 말인데요. 고양이가 시

선을 먼저 내려야 할까요? 아니면 내가 녀석의 시선을 외면해야 할까
요? 아마도 녀석은 나의 시선 저 너머의 너머의 너머를 바라보고 있는
것 같습니다. 나는 다만 녀석의 눈동자, 그 안을 들여다보기 급급합니다.
어쩌면 고양이는 어느 먼 외계에서 놀러 나온 높은 족속일지도 모르는
일……. 오늘은 내가 녀석의 시선을 피해 주기로 했습니다.

눈을 감고도 보이는 세상

무언가에 집중하면 눈을 감고도 보이는 세상이 있지요. 사진을 찍을 때는 심도가 깊다는 말을 하기도 하는데요. 그 말은 주위의 사물들은 모두 흐리게 날리고 딱 한 곳만을 선명하게 포착한다는 뜻이요. 망원 렌즈를 사용할 때는 대부분 심도가 깊은 사진을 찍게 되는데요. 예를 들면 사람을 사랑할 때도 눈앞의 단 한 사람만을 향해 오감이 열리는 것을 우리는 경험합니다. 그럴 때 우리는 모두 눈을 감고도 보이는 세상을 경험하게 되는데요. 눈이 멀었다는 말은 결국은 딱 한 곳을 집중해서 본다는 말이기도 합니다.

시력이 나쁜 동물의 경우 소리에 감각을 집중합니다. 소리로 대상을 그리는 겁니다. 지금 녀석에게 무슨 소리가 들리는 듯합니다. 녀석은 온 힘을 다해서 양미간에 마음을 모았습니다. 누군가의 목소리를 열심히 불러 보듯, 열심히 듣는 중입니다. 가슴 깊이 간직했던 기억을 불러와서 어떤 목소리를 따라가는 중입니다. 누구일까요? 녀석을 부르는 목소리. 녀석은 마음 어느 한 곳에 주인의 목소리를 간직했던 모양입니다. 마음으로 열심히 바라보는 저 눈……. 말 못하는 짐승의 애 터지는 사랑에 여기 명치 끝 어디쯤에서 자꾸 뜨거운 무엇이 올라와 뭉클합니다.

미모의 희야는 상처족입니다

희야의 눈빛은 도발적입니다. 경계가 삼엄합니다. 눈처럼 하얀 모색을
뿜내며 홀로 난간에 앉아있네요. 눈동자가 반짝반짝, 블루 사파이어 색
깔로 빛나는 희야. 높고 푸른 하늘빛을 닮아서 투명합니다. 그러나 희야
는 언제나 혼자입니다. 혼자서 밥 먹고 혼자서 산책을 합니다. 하늘은 멀
어서 푸르다는 어느 선인의 말처럼 동료들로부터도 멀리 떨어져서 생활
을 합니다.

처음 희야를 발견한 장소는 길고양이 급식소였습니다. 길고양이들은 영역 동물이기 때문에 매일 똑같은 고양이들이 다녀갑니다. 그런데 느닷없이 그곳에 낯선 고양이가 나타난 것입니다. 겨울 왕자처럼 아름다운 희야는 금세 길고양이들의 공격 대상이 되었습니다. 그러니까 희야는 처음부터 길고양이는 아니었습니다. 어디서 어떻게 누구에게 무슨 사연으로 버림을 받았는지 알 수는 없으나, 어느 날 그렇게 버려졌던 것입니다. 희야는 길고양이들의 공격으로 더 이상 거리 생활을 할 수 없게 되었습니다. 동물자유연대로 구조가 되어 안전지대로 옮겨졌지만, 내상은 생각보다 깊은 듯했습니다.

구조 당시에는 나이도 어리고 외모도 빼어나서 금방 좋은 가족을 만날 수 있으리라 생각했습니다. 그러나 예상은 빗나갔습니다. 희야는 손에 꼽을 만큼 아름답지만, 안타깝게도 외모가 전부입니다. 알 수 없는 분노로 인해 상대를 막론하고 공격을 서슴지 않습니다. 전혀 예측할 수 없는 돌변으로 활동가들의 부상이 이어지고, 방 배정에도 애를 먹습니다. 희야의 공격 본능은 도대체 어디서부터 시작된 것일까요. 특히 한 울타리 안의 고등어태비만 보면 동족상잔의 비극을 보는 듯합니다. 인간의 집에서 버림을 받고 또 길에서도 고등어태비와 같은 고양이들에게 공격을 당했던 것일까요. 그렇게 들이닥친 이중의 고통은 희야를 상처족으로 내몰아서 저를 제 속에 가두어버린 걸까요. 도움을 청하듯 사람을 반기다가도 충격과 상처로 발톱을 세우는 희야. 제 영역인 난간 위에서도 버림받은 기억은 아슬아슬 위태롭습니다.

자동차 바퀴는 왜 엠버를 밀고 지나갔을까요?

병원에서는 엠버를 안락사 시켜야 할 수도 있다고 했습니다. 긴급하게 골절 수술과 요도 재생 수술을 마친 직후였습니다. 엠버는 엉덩이 주변과 꼬리, 하반신의 피부가 바퀴에 쓸려서 살이 모두 떨어져 나간 상태로 발견되었습니다. 운전자는 바퀴에 감기기 직전의 고양이를 보지 못했을까요? 바퀴에 뭉긋한 느낌이 났지만, 오른쪽 발바닥은 더 세게 액셀을 밟았던 것일까요? 인간의 본능은 위험과 책임으로부터 멀리 도망쳐버렸던 것일까요? 정강이뼈가 부러진 것은 물론, 생식기 부분이 모두 파열되어서 요도와 방광까지 망가진 엠버. 수차례의 수술을 받는 동안 눈이 내리고, 꽃이 피고, 붉은 바람이 지나갔습니다.

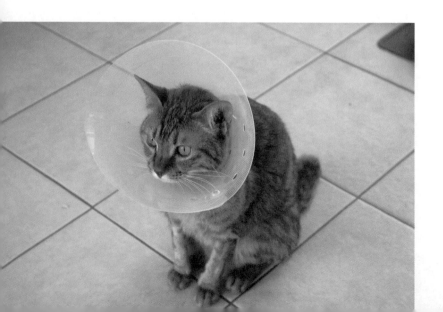

엠버는 삶을 강하게 붙들었고, 지금은 배변이 어느 정도 가능해졌습니다. 사라진 생식기 대신 방광에 구멍을 뚫어 요도를 대체하였습니다. 아주 조금씩 애교처럼 소변과 변이 새기도 합니다. 그러나 처음의 상태를 회상해보면 이 정도로 회복된 것은 기적에 가깝습니다. 다른 고양이들처럼 바로 서지는 못하지만 오히려 경계를 넘나드는 어정쩡한 모습은 매력적으로 보인답니다. 병원에서 치료를 받는 동안 몸에 호스를 꽂은 채로 생사를 가늠할 수 없었던 엠버. 생명의 간절함을 몸소 실천했던 존재이기에 지치고 힘든 영혼들에게 오히려 밝고 희망찬 에너지를 전달합니다.

자, 여기 고통은 남아있지만, 삶의 의지를 보여주었던 엠버 덕분에 우리들의 오늘은 활기찹니다.

삐용이의 한 치 앞은 캄캄합니다

삐용이는 몸의 모든 감각을 이용해서 센터 생활을 합니다. 앞은 볼 수 없지만 사람들의 무릎을 찾아다니며 몸을 부비기도 합니다. 나팔꽃 덩굴처럼 냄새를 좇아 활동가들을 발발 따라다니기도 하고요. 캣 타워에서 맵시 있게 활공을 하기도 합니다. 창가에서 햇살을 만끽하기도 하네요. 그런데 신기한 일은 앞을 볼 수 없는 삐용이가 장난감이 보이는 것처럼 낚시놀이를 꽤나 재미나게 한다는 사실입니다. 뭐랄까, 어쩌면 육안과 뇌안은 닫혔지만 심안과 영안이 열려 마음으로 세상을 보는 것은 아닐까요?

삐용이는 인적이 드문 길가 언덕, 작은 상자에서 피투성이인 채로 발견되었습니다. 현장에서 만난 고양이는 눈과 코와 입, 그리고 귀에서 피를 흘리고 있었습니다. 목줄이 꽉 채워진 상태였지요. 아마도 사람들의 학대로 고양이는 많이 다쳤을 것이고, 박스에 담겨서 유기된 것으로 추측했습니다. 급하게 병원으로 이송이 되었고, 병원의 진단 결과는 뜻밖이었습니다. 피투성이였지만 특별한 외상은 보이지 않았습니다. 다만, 양쪽 눈의 시력은 이미 잃어버린 상태였습니다. 머릿속의 원인 모를 염증으로 입천장과 안구가 파열된 것으로 진단이 되었고요. 아마도 상자 속에 오래 갇혀있었던 듯싶었습니다. 사람들은 자신이 키우던 반려묘의 상태가 감당할 수 없을 정도로 나빠지자 상자에 착착 담아 물건처럼 버린 것이겠지요. 그럼에도 불구하고 삐용이의 마음에는 미움이 새겨져 있지 않습니다. 여전히 사람들을 잘 따르고 골골 애교를 피우기도 합니다.

보세요. 오늘은 앞도 볼 수 없고 사람의 말도 할 줄 모르는 삐용이와 오래도록 이야기를 합니다. '괜찮니?' 내가 묻고 삐용이는 '괜찮아.' 화창하게 대답을 합니다.

홍시야, 아파?

아프지? 너무 아프겠다

애니멀호더(Animal hoarder)를 아시나요? 감당하지도 못하면서 지나치게 많은 동물을 키우는 사람을 지칭하는 말입니다. 물품 수집하듯 강아지와 고양이를 마구 기르는 사람들은 일종의 범죄자와도 같습니다. 애니멀호더가 기르는 반려동물들은 열악한 환경에 노출돼 질병에 걸릴 위험이 높아지기 때문입니다.

동물자유연대는 애니멀호더인 노부부에게서 43마리의 동물을 구조하였습니다. 한 마리의 고양이를 제외한 42마리의 시추들은 근친교배가 의심되는 비슷한 외모를 하고 있었습니다. 42마리의 시추들은 갑자기 변한 환경 탓에 우왕좌왕하면서 갈피를 잡지 못했습니다.

그중에서도 유난히 눈에 띄는 녀석, 홍시! 녀석은 표정이 없었습니다. 또한 홍시를 비롯하여, 홍시와 함께 온 유자, 율무, 자두, 이들 모두는 중증의 전신 모낭충증을 앓고 있었습니다. 어쩌면 당연한 결과일지도 모르겠습니다. 10평 남짓의 공간에 43마리의 동물들이 방치되어 살았다면 피부병은 당연한 수순이고, 저들의 우울증 또한 의심해 보아야 했으니까요.

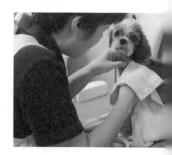

홍시, 자두, 율무, 유자의 피부 상태는 이미 건조하고 딱딱해지는 태선화가 진행된 상태였습니다. 그중에서도 특히 홍시는 얼굴 전체에 진행된 태선화로 피부가 표정을 삼켜버렸던 것이지요. 제 딴은 반갑다고 아무리 밝은 표정을 지어도 얼굴의 딱딱해진 피부는 표정을 드러낼 수가 없었던 것입니다. 홍시는 비가 와도, 눈이 와도, 꽃잎이 바람에 별처럼 반짝거려도, 좋아하는 간식 앞에서도 표정을 지을 수 없습니다. 조금만 관리를 소홀히 하면 얼굴을 둘러싼 목 카라 안이 습하고 더러워져서 귀까지 염증으로 가득해집니다. 그러니까 홍시는 살아서 죽음을 사는 무덤처럼 슬픈 존재입니다. 모낭충증은 딱지가 떨어지고 또다시 진물이 나고 딱지가 앉고 떨어지고를 몇 번이나 반복해야 겨우 정상의 피부 상태로 돌아올 수가 있습니다. 더 정확히 말하자면, 모낭충증은 눈에 보이지 않는 작은 벌레가 모낭에 기습하여 발병하는 만성적인 질환이라서 완치된다는 보장 자체가 없습니다.

그렇다면 홍시는 도대체 이 지옥과도 같은 반복을 몇 차례나 계속해서 겪었을까요. 구조 이후 홍시는 꾸준히 치료를 받으면서 다행히 조금씩 나아지고 있습니다. 그러나 가려움이 너무 심할 때는 사람들의 눈을 피해 발을 입안에 넣고 피가 철철 나도록 살점을 씹어 삼키기도 합니다. 불행 중 다행이랄까, 홍시는 요즘 홍시만을 위한 각질 제거라는 스페셜 케어를 받고 있습니다. 그럼에도 불구하고 홍시의 갈 길은 멀기만 합니다.

이와 같이 애니멀호더에게 방치되었던 동물들은 살아서는 돌아올 수 없는 루비콘강을 건너게 됩니다. 저들은 동물들을 직접 때리거나 죽이지는 않지만 동물들을 서서히 죽게 하는 간접 살상의 장본인들입니다. 이것이 애니멀호더를 강력하게 처벌해야 하는 이유입니다.

백설이는
여은이와 나은이의
엄마입니다

세상의 모든 존재들에게 엄마는 무엇일까요. 아마도 엄마를 잃어버린다는 것은 우주를 잃어버리는 일과도 같을 겁니다. 그것은 곧 죽음과 동의어일지도 모르니까요.

여기, 백설이네 가족은 평온합니다. 엄마와 함께라서 여은이와 나은이는 걱정이 없어 보이네요. 이렇게 백설이네 세 모녀는 한 곳을 바라보고 있습니다. 한 곳을 바라볼 수 있다는 것은 참으로 행복한 일입니다. 백설이가 구조될 당시, 목에는 목줄이 매어 있었습니다. 아주 어릴 적부터 채워놓은 목줄은 덩치가 커지면서 백설이의 목을 죄기 시작했을 겁니다. 백설이는 그렇게 얼굴이 퉁퉁 불어있는 상태로 구조가 되었습니다. 아픈 몸과 고단한 마음 탓인지 좀처럼 사람들에게 마음의 문을 열지 못하고 있었습니다. 그런데 구원과 기적은 문득 피는 꽃처럼 느닷없는 곳에서 찾아오기도 한답니다. 6번의 구조 작업 끝에 구조된 백설이의 몸속에 두 마리의 생명이 건강하게 자라고 있었습니다. 그리고 구조 당일 새벽에 어미인 백설이는 누렁이 두 마리를 거뜬하게 순산합니다.

인연은 몇 억겁을 돌고 돌아서 저들에게 가족이라는 이름을 달아주었습니다. 자, 저들을 함께 살게 할 수는 없는 걸까요? 오늘, 햇살 아래 낮잠을 즐기는 어미 진돗개 백설이와 여은이, 나은이는 가족이라는 강심장을 달고 행복합니다.

Part 5

새로운 가족
못 다한 이야기

꼬맹이

눈도 뜨지 못한 채로 박스 안에 버려졌던 꼬맹이입니다. 아기를
키우는 정성으로 돌본 결과 지금은 '개님'들과도 어깨를 나란히
겨루는 '똥꼬 발랄' 고양이가 되었답니다.

누렁이

누렁이는 반려견이 아니라고요? 천만의 말씀!
저는 아빠, 엄마와 소풍도 가고 여행도 함께 한답니다.
추운 겨울에는 한 이불 안에서 살을 부비며 살지요.
그런데 털이 많이 빠져서 정기적으로 미용을 받아야 해요.

극복이

TV〈동물농장〉황구 사건의 주인공
극복이입니다.
끔찍한 학대의 기억은 이제 그만 잊을 거예요.
극복이는 마음의 평화를 찾고
행복을 찾아가는 중입니다.

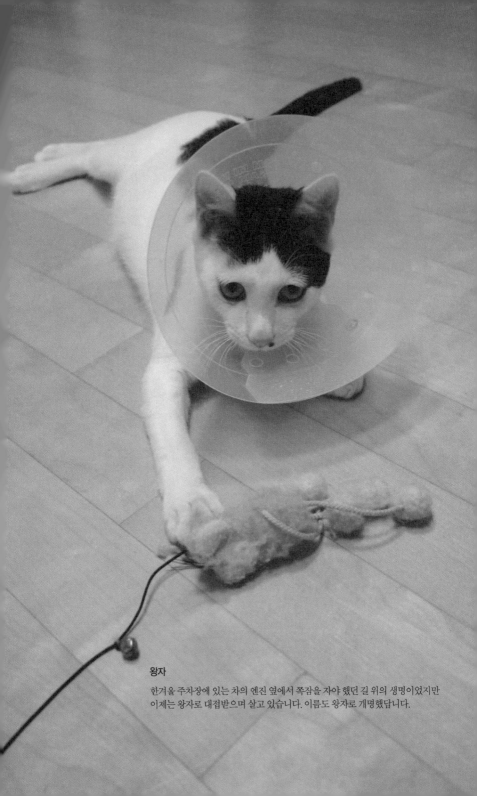

왕자

한겨울 주차장에 있는 차의 엔진 옆에서 쪽잠을 자야 했던 길 위의 생명이었지만
이제는 왕자로 대접받으며 살고 있습니다. 이름도 왕자로 개명했답니다.

똥순이

쓰레기장에 새끼를 낳고 살아야 했던 어미 개 똥순이입니다.
지금은 사랑을 듬뿍 날라 주는 우리 집 천사가 되었습니다.

럭키

고질적인 피부병으로 동물보호소를 전전
하던 럭키는 우리 집에 온 후 비단결 럭키
가 되었습니다. 꼴통으로 불리기도 하며
행복하게 지내고 있답니다.

로시

보호소에서 다른 개들에게 치이며
늘 기가 죽어 있던 순둥이 로시입니다.
이제 우리 집의 막내가 되어
행복하게 지내고 있습니다.

서로를 감싸 안아 주는 것…….

가족이기 때문에 가능한 일이겠죠.

봉구

추운 겨울 예쁘게 미용을 한 채로
건물 앞에 버려졌던 봉구입니다.
버려진 기억 때문인지 한동안 기가 죽어 있었지만
지금은 신발도 물어다 놓고 쓰레기통을 엎어 놓는 등
깜찍한 말썽을 피우면서

잘 지내고 있습니다.

빨강이

함께 구조된 4남매 중 유일하게 살아남은 빨강이.
털도 없고 비쩍 마른 몸에 배만 불룩한
영락없는 외계인의 모습이었죠.
이제는 '제발 살을 좀 빼자.' 하고
노래를 불러야 한다니까요.

아웅이

어미를 잃고 길을 헤매다가
불쑥 남의 집 식탁 위에 올라와
가족들을 깜짝 놀라게 했던 아웅이입니다.
우리 집 식구가 되려고 그랬나 봐요.

빨강이와 사이좋게 잘 지내고 있습니다.

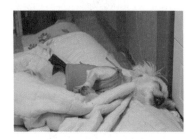

티

새침데기 아가씨 티입니다. 처음 입양했을 때의
불안했던 눈동자는 사라진 지 오래랍니다.
발이 축축한 습한 곳에 오랫동안 방치되어 있었기 때문인지
지금은 이불을 무척 사랑하는 이불 공주가 되었습니다.

순돌이

한 번도 넘치는 사랑을 받아 본 적 없던 열 살 순돌이
입니다. 이제는 모든 가족에게서 넘치는 사랑을 받으
면서 행복하게 지내고 있습니다.

예삐

"엄마, 아빠가 평생 지켜 줄 거야.
이제 더 이상 불안해하지 마."
저희 부부는 분리 불안이 심한 예삐를
늘 가까이서 지켜 주기로 약속했답니다.

늘 함께 다니기 때문에
가방 안에 있는 사진이 많네요.

태양 & 담비

쓰레기 취급을 받던 가여운 두 생명을 품은 지
어느덧 2년이 되어 갑니다.
태양이와 담비는 저에게 보석과도 같은 존재입니다.
늘 빛을 발하는 귀한 존재로
오래오래 제 곁에 있기를 소망합니다.

하코

싸늘한 몸짓과 서늘한 눈으로 사람을 대하던 하코.
이제는 사람이 없으면 안 되는 사회견이 되었습니다.
나른한 주말 오후에 널브러진 하코의 일상입니다.

삐용이와 노랑이

보호소에 같이 들어와서 죽고 못 사는 사이였던
삐용이와 노랑이를 함께 입양하였습니다.
2년이 훌쩍 지나는 동안 아픈 곳 하나 없었고요.
여전히 둘은 단짝 친구랍니다.

장화

이 책을 만들면서 동물자유연대의 장화와 한 가족이 되었습니다.
동물과 마음과 마음을 나누는 것이 얼마나 따스한 일인지
매 순간 깨닫습니다.

유기동물 발견 시 대처 요령

1. 차량 사고 등으로 인해 응급 치료가 필요한 경우

동물을 인근 동물병원으로 옮깁니다. 작은 동물일 경우에는 그대로 품에 안아서 택시를 이용하면 되고, 조금 큰 동물의 경우에는 주변의 상가나 주변인에게 도움을 요청하여 종이 박스 등에 담아서 이송합니다. 이때 동물이 구토, 설사, 출혈을 할 수 있으므로 반드시 타월이나 신문지, 비닐 봉투 등을 준비하도록 합니다.

2. 위급한 동물의 응급 처치가 끝난 후

위급한 동물은 구조자가 임시로 보호하면서 동물 단체에 입양될 수 있도록 하는 것이 가장 좋은 방법이지만 그럴 상황이 되지 않는다면 동물 구조 단체에 도움을 요청합니다.

3. 구조를 다시 한 번 생각해 보아야 하는 경우

★건강 상태는 비교적 양호한데 다소 초췌한 발바리 행색이 남루하다고 해서 모두 구조 대상은 아닙니다. 대다수 발바리는 주인의 관리로부터 자유롭게 키워지는 경우가 많아 행동 반경이 넓은 편입니다. 인근 지역에 집이 있는 경우가 많으므로 떠돌이 개라고 추정될 경우 즉각적으로 잡는 것보다는 시간을 두고 지켜보는 것이 좋습니다.

★떠돌이 생활에 적응이 된 개 이런 개는 포획할 경우 최선의 환경을 제공할 수 있는 입양의 기회가 매우 적습니다. 따라서 전문 구조 단체에서 보호하더라가 수용 능력의 한계로 인해 일정 기간이 지나면 안락사가 될 수도 있습니다. 부상, 질병 등의 긴급을 요하는 사안이 아닐 경우에는 지켜보며 동물들의 자유로운 행동을 인정해 주고 적당한 거리에서 간헐적인 관리를 하는 것도 동물을 돌보는 한 방법입니다.

★아기 고양이 어미로부터 떨어진 아기 고양이는 섣불리 만지지 말고 데려오는 일도 신중해야 합니다. 어미와 함께 이동 중에 떨어졌을 수도 있기 때문입니다. 이럴 경우에는 시간을 두고 어미가 찾으러 올 때까지 기다려야 합니다. 또는 혼자서 살아가는 방법을 터득해야 하는 시기일 수도 있습니다. 도심 속에 야생의 형태로 살아가는 고양이들의 삶 또한 인정해야 합니다. 다만 할 수 있다면 성장한 고양이는 중성화 수술 후 재방사하면 도심 속의 고양이 대량 증가 문제 해소에 큰 역할을 할 수 있습니다.

4. 위급한 동물 보호 조치 접수 방법

여러 가지 정황에 의해 꼭 도움이 필요한 동물이라고 판단되고 부상과 심한 질병 상태에 있는 떠돌이 동물이라면, 그리고 발견자가 해결할 수 없는 상황이라면 동물 단체에 도움을 요청해야 합니다.

동물자유연대 홈페이지 www.animals.or.kr ☎02-2292-6337

동물 입양을 고려하기 전에
반드시 생각해야 할 것

1. 입양한 동물이 새로운 환경에 적응할 때까지 사랑과 인내심을 갖고 돌봐 줄 수 있나요?

동물의 성격에 따라 낯선 장소, 낯선 사람에게 마음의 문을 여는 데 시간이 걸릴 수도 있습니다.

2. 먹이뿐만 아니라 동물들을 건강하게 돌볼 수 있는 관리, 치료, 중성화 시술, 훈련 등에 들어가는 비용을 감당할 수 있나요?

반려동물도 사람과 마찬가지로 정기적으로 건강 관리가 필요하며 그에 해당하는 비용을 생각해야 합니다.

3. 반려동물을 맞아들이기에 바로 지금이 적절한 시기인가요?

반려동물에 대한 책임감을 이해하기에 너무 어린(6세 이하) 아이가 있는 가정, 집을 자주 비우는 직업을 가진 사람, 안정된 양육 환경을 제공하거나 비용을 감당하기 어려운 학생의 경우는 동물 입양을 몇 년 뒤로 미루는 게 좋습니다.

4. 피치 못하게 집을 비우게 될 경우 반려동물을 대신 돌봐 줄 사람이 있나요?

집을 비울 경우에는 반려동물을 믿고 맡길 수 있는 친구나 이웃, 검증된 위탁 시설에 맡겨야 합니다.

5. 책임감을 잃지 않는 반려동물 보호자가 될 결심이 되셨나요?

적절한 치료와 관리, 운동, 먹이의 공급으로 동물을 건강하게 키울 준비가 되어 있어야 합니다. 공공장소에서는 목줄을 착용하고, 배변 처리와 같은 에티켓을 지켜야 하며, 입양한 동물이 또 다시 분실되는 사태를 예방하기 위해 이름표를 항시 착용해야 합니다.

6. 입양한 동물의 평생을 책임질 준비가 되어 있나요?

반려동물의 수명은 10년에서 15년, 길게는 20년까지 이어질 수 있습니다. 반려동물을 집에서 키운다는 것은 함께 사는 동물의 평생을 책임진다는 약속이 전제되어야 합니다.